講談社文庫

喜多川歌麿女絵草紙

藤沢周平

講談社

目次

喜多川歌麿女絵草紙

さくら花散る

一

よく笑う女だった。こういう陽気な女を、歌麿は嫌いではない。それに女は小さく、やや受け口の唇を持っている。笑いを手で覆うとき、ちらりと白い歯がみえるのが可愛らしかった。

歌麿は、畳に置いた画紙に、時どき焼筆《やきふで》を動かしているが、笑いは邪魔にならなかった。笑い終えたあとの一瞬の眼のいろなどに、不意に女の本性のようなものがのぞく。そういう瞬間の印象を、すばやく紙の上に印すだけである。

「もう春ね、先生」

女は窓の外をみながら、詠嘆するように言っている。深刻な声音《こわね》ではなく、明るい口調だった。

諏訪町の川端にある水茶屋鈴屋の二階からは、大川の水が眼の下に見える。畳に坐っている歌麿からは見えないが、女からは、日を弾いている川波の動きや、上り下りの船の通いが見えている筈だった。

川は見えないが、窓のそばまで枝をのばしている桜が歌麿からも見える。桜は枝頭に薄もも色の膨らみをびっしりつけているが、蕾《つぼみ》はまだ小さく硬い。風が吹くと枝がたわたわと揺れた。鈴屋の裏の桜は、かなりの老木で、このあたりではちょっと目立つ樹である。

「先生、あたいをお花見に連れて行ってくれません」

女は急に振り向いて言ったが、すぐにとんきょうな声で続けた。

「あら、真暗で見えやしない。先生、いらっしゃるんですか？」

女は窓枠に腰を掛けたまま、手探りするような恰好で部屋の中に手を泳がせた。長い間外のまぶしい光を眺めたあとで、部屋の中が暗く見えたらしいが、少し大げさだった。手の動きに男に対する媚《こび》がある。だが、歌麿にはそれも不快ではない。

「ここにいるよ」

歌麿は焼筆を置いて腰をずらすと、女の手を握った。

「今日はこのへんで終わりにするか。どうだ？　少し飲まないか」

女は「はい」と言って窓を離れると、膳の前に戻って銚子を取りあげた。

女はおこんという名である。鈴屋の茶汲み女だった。前だれをとっただけで、紺縦《こんたて》縞《じま》の青梅織《おうめおり》に、幅広い鴇色《ときいろ》の帯をしめた仕事着のままである。白い肌に、仕事着がよく映る。

版元の鶴喜から美人絵の連作を頼まれていた。注文をひきうけたとき、歌麿の頭の中にはおこんの顔が浮かんでいたようである。すぐ鈴屋に話し、おこんを借りた。難波屋お北、高島屋お久といった女たちが、歌麿の錦絵で有名になり、ついでにお北が働いている浅草寺随身門前の水茶屋難波屋、両国薬研堀《やげんぼり》でせんべい屋を兼ねる水茶屋の高島屋が繁昌した。また富本節の豊雛は、新吉原中村屋の抱え芸者だが、両国にある豊雛の富本節稽古所は、歌麿が豊雛を描いてから、好き心半分の男たちの弟子入り志願がひきも切らず、断るのに苦労していると、誇張された噂が流れていた。

鈴屋もそういう評判を聞いているから、喜んでおこんを貸した。もっとも借りるといっても、おこんが仕事をしている間のことだから、刻限を切り、相当の金を歌麿が払っている。今日が三度目だった。

「あんた、親御さんは？」

歌麿はおこんの盃に酒を満たしてやりながら訊いた。こういう無駄なお喋りの間に、女の内面が浮かび上がってくることがある。そして、そういう理解が、筆を決めるとき役立つのである。

「本所にいます」

「本所のどのあたりだね」

「北ですよ、ずっと。荒井町」

「ああ、ごちゃごちゃと寺があるあたりか」

「ご存じなんですか」

おこんはびっくりしたように言った。おこんの顔は、やや下膨れで、眼が細い。歌麿の好みの顔だった。心もち受け口の唇に、男心をそそる色気がある。難波屋のお北や、高島屋のお久にくらべると、おこんの顔には、もうひとつ別の動きが潜んでいるようだった。小鹿のように、機敏に動くものがある。その隠された表情が、歌麿の興味をそそっていた。

「あんたは十九だそうだが……」

歌麿は若布《わかめ》の酢のものを口に運びながら聞いた。

「まだ身を固める気持はないのかね」

「もらってくれる人がありませんもの。それとも先生がお世話してくださいますか」

「……」

「それに、家が貧乏でしょ。兄弟が多いし、まだ働かなくちゃ」

おこんは言ったが、少しも暗いところのない表情だった。

「絵はいつ頃できるんですか」

「さあ、夏頃になるだろう。ひょっとしたら秋かも知れんな、絵草紙屋に出るのはな」

「待ち遠しいわ」

と言って、おこんは眼を細めた。

「俺が描くと、あんたは評判になるぜ。いまも売れっ子だが、もっといろんな男が寄ってくるかも知れんな」

「嬉しい」

「嬉しがってばかりいると、尻子玉を抜かれるぞ。寄ってくる男どもの中には油断ならねえのがいると思うがいい」

歌麿はおこんの浮き浮きした表情に、水をさすように言った。歌麿の脳裏には、高島屋のお久の顔がある。お久はさる西国の藩の武士と駈け落ちした。三月《みつき》ほど前のことである。あの美しさを錦絵に描いたのは間違っていないと、いまでも歌麿は思っている。だが、お久の両親の嘆きを思うと、心が痛んだ。あの一枚の錦絵が、お久の運命を狂わせたかも知れないという気がする。

「だいじょうぶ」

おこんは口に手をあてて、ころころと響く笑い声を立てた。

「あたし、そんなねんねじゃありませんから」

その日歌麿が馬喰町の自分の家に戻ったのは暮れ六ツ（午後六時）過ぎだった。弟子の花麿と竹麿が迎えた。二人ともまだ二十前の住み込み弟子で、妻のおりよに死なれて以来無人の歌麿の家の雑用を足している。花麿は器用に飯を炊き、おかずを作り、竹麿は内外の掃除を受け持っている。竹麿はいい体格をもち、力も強かった。

奥に行くと、女弟子の千代がいた。

「おや、まだいたのか」

と歌麿は言った。

「お帰りなさいませ」

千代はすばやく立ってくると、後に回って羽織を脱がせた。こういうかまわれ方が、歌麿はあまり好きではない。歌麿は貧しい育ちかたをしたし、死んだおりよも、こういう扱いをしなかった。それを不満に思ったことはない。着物ぐらい一人で着替える、という気分がいまでもある。

千代に労《いたわ》られると、ほかにもひっかかる気持がある。千代は筋違門《すじかいもん》に近い神田相生町の商家の娘で、出戻りだった。弟子入りした時は、歌麿がやっと蔦《つた》屋から黄表紙、狂歌本の挿絵を描かせてもらっていた頃で、千代はまだ十四だった。だが早熟な才能を持ち、二年もした頃には、歌麿の推挙で、蔦屋の出版するものに描かせてもらうほどになった。だが千代は十七の時嫁に行き、画技は中断した。

離縁された千代が、再弟子になったのは、二年後である。何事もなかったように、千代はまた歌麿の家に出入りし、絵に熱中した。三年前おりよに死なれたあと、歌麿は千代を後妻にしようかと考えた時期がある。そうすすめる人もあり、千代本人にもそうした気分があったようだが、歌麿が踏みきれないままに、話は立ち消えになった。

だがそのまま千代は歌麿の家に出入りして、今日まできている。そういういきさつがあった女弟子が、二十四になって縁づく気色もなく家の中に坐っているのは、時に歌麿の気分を重くする。こうして羽織を脱がせたり、茶を淹《い》れたりしている千代には、中二年ほど脱けているものの、十年来歌麿のそばにいた自信のようなものがあった。じっさい千代は、歌麿よりも、この家のことを知っていた。

ただ千代のいいところは、そういう自信を歌麿に突きつけたりはしないことだ。折り目正しく、相生町の家と歌麿の家を往復し、絵を描き、雑用を足している。

「今日、耕書堂の番頭さんが見えました」

「ふむ」

歌麿の眼に、頑丈な身体つきで、気むずかしい表情をした二十七、八の男の顔が浮かんだ。その番頭は戯作者《げさく》になるのが希《のぞ》みで、去年耕書堂から、「花春虱道行《はなのはるしらみのみちゆき》」という、おかしな題の黄表紙本を出している。戯作者として高名な山東京伝の家に居候していた男で、黄表紙によれば滝沢馬琴という名前であった。

「番頭が何か言ったかい」

「また明日来ると言ってお帰りでしたけれど、何か心配そうな顔つきでした」

「なあに、あれはあの人の地の面つきだよ」

と歌麿は言った。

「それから若狭屋さんの手代が見えまして」

「………」

「こちらは、そのうちお願いがあるとかで、お酒を一樽《たる》若い衆に運びこませて置いて行きました」

「それだけですか」

と歌麿は、変に丁寧な口で言った。千代のいうことを聞いてると、なんとなく留守中のことを家のものに聞かされている錯覚に落ちそうな気がしたのである。

「ご飯はどうなさいますか」

「あ、喰べて来ましたよ」

歌麿は嘘をついた。これからだといえば、千代が気軽に台所に立つことが解っている。それがいやだった。

千代を嫌っているわけではない。だが女に縛られる羽目になることを歌麿は恐れていた。千代は、ここ一、二年少し肥ってきたが、醜い女ではない。眼鼻立ちがはっきりし過ぎて、きつい感じの顔立ちだが、物言いは柔らかでおっとりしている。そばにいて不愉快な女ではない。だが絵で一本立ちする気もなく、その必要もない千代が、何を考えて通ってくるか、と歌麿は少し気味悪い感じで思うことがある。

千代を帰してから、歌麿は着替えに立った。そのとき袂《たもと》から何気なく出した小財布が、変に軽い気がした。一たん畳に置いた財布を取り上げると、歌麿は開いてみたが、すぐに眉をしかめた。数えるまでもなく金が減っている。

一分金が五、六枚無くなっている勘定だった。首をひねって考えこんだが、どう考えてもそれだけの金を使った覚えがなかった。

——盗まれたか。

そう思ったときおこんの顔が浮かんだ。おこんと盗みとは容易に結びつかなかったが、しかし盗られたとすれば、鈴屋の二階しか考えられなかった。階下から昼のそばを取ってもらったとき、一度小財布を出している。その後で、それを畳に置いたまま、小便に立ったような気もした。

そのぼんやりと不正確な記憶に間違いがなければ、その間におこんが財布を開けたのである。

「ふーん、妙なこともあるものだ」

思わず歌麿が呟いたとき、襖《ふすま》が開いて花麿が顔を出した。

「飯が出来ました。今夜は刺身です」

二

馬琴が来たのは、七ツ過ぎだった。

「遅かったじゃないですか」

身体も顔も大きいくせに、いつも何か心配ごとを抱えているような顔つきをしている馬琴を迎えて、歌麿は思わずなじるように言った。

「昨日、あんたが来るという言伝《ことづ》てがあったから、今日は家を出ないで待っていたのだがね」

「そうですか。それはどうも」

馬琴は土間に立ったまま頭を下げたが、すぐに真正面から歌麿を見上げて言った。

「でもわたしは朝のうちに来るとは言いませんでしたが」

「それはそうだ」

歌麿は苦い顔をして言った。草紙問屋の番頭にしては、総じて色気に乏しい、この大柄な男が、歌麿には何となく気詰りに感じられる。

馬琴が、居候していた京伝の家から、耕書堂の番頭に入り込んだいきさつは、歌麿も耕書堂の主人、蔦屋重三郎に聞いて知っている。馬琴は草紙作者になるのが希みで、京伝に弟子入りを申し込んだが、弟子をとらない主義の京伝に断られ、居候になっているところを、蔦重《つたじゅう》から番頭に誘われたのである。二年ほど前の話である。

あの男をどうだろうと、蔦屋に相談をかけられた京伝は、酒を呑まず、文字も読めるし、手蹟もいい。戯作者気もあるし、草紙問屋の番頭には向いているだろうと答えたが、しかし馬琴は人間の底が知れないところがあるから、確かな人物保証は出来かねると答えたということだった。

耕書堂の番頭をみていると、歌麿はいつも京伝が言ったというその言葉を思い出し、京伝はさすがに人を見ているという気がしてくるのだった。

馬琴は、めったに笑うこともなくむっつりした顔をしている。不機嫌というのでもなく、感情の動きに乏しいというのでもないと歌麿には解る。感情の動きが鈍い男が、黄表紙のようなものを書ける筈がなかった。馬琴のむっつり顔は、その奥にあるものを抑えている感じがした。

——学問がある男なのだろう。

と歌麿は思う。その学問のせいで、感情を表面に出せない男なのだ、と思う。京伝が、人間の底が解らないと言ったのは、生の感情をいつも奥に蔵《しま》っている感じを言ったものだ。

「どうですか。ちょっと一杯やりますか」

「はい」

と言ったが、馬琴はあまり気が進まない表情だった。それをみると、歌麿はかえってこの男に酒を飲ませたくなった。それに、馬琴の用件は、大体見当がついている。

「どうせ話は長いでしょうから、一寸よそへ行きましょうや」

「そうですな」

馬琴はやはり浮かない顔をしている。

「なに、あんたに払いを持ってもらおうなどとは考えていません。ちょっと見せたい女がいるから、そこへ行きましょう」

そう言ったとき、歌麿はおこんのことを考えていた。おこんには二日置きか三日置きに会っているのだが、馬琴が来なければ、今日も鈴屋に行ってみる気だったのである。盗られた金のことが頭にあった。屈託がない可愛い顔で、ころころ笑ったおこんと盗みは、まだうまく結びついていないが、状況はそうとしか考えられない。不思議な気がした。

会ったらおこんを問いつめてみる気でいる。金が惜しいわけでなく、本当におこんがやったかどうかに興味をそそられていた。

日足が伸びて、日が落ちるまで、まだ半刻はありそうだった。淡く沈んだ色をした日射しが町並みを染めて、襟巻や頭巾をはずした人びとが、軽い足どりで町を歩いている。ここ二、三日は急に春めいてきたようだった。半月ほど前には、この時刻になると、どこからともなくあらわれ肌を刺した寒気は、もう姿を消している。

不意に歌麿が言った。

「あんた、女は好きかね」

「え？」

馬琴は、前を歩いている娘たちの後ろ姿を熱心に見つめていた眼を、あわてて歌麿に回した。

「いや」

そう言ったが、馬琴の顔はみるみる赤くなった。いかつく大きい身体に、不意に二十七歳の若さが現われたようだった。

「恥ずかしがることはないよ」

と歌麿は言った。

「戯作者になろうというほどの人が、女をまぶしがってちゃ話にならんでしょう」

そう言ったが、歌麿は気ぶっせいな顔をしている、耕書堂の番頭に、少し好意が動くのを感じた。

鈴屋の暖簾《のれん》をくぐると、歌麿はすぐに店の中を見回した。おこんの姿は見えなかった。青梅縞の袷《あわせ》に、鴇色の帯をしめた女たちが、莨盆《たばこぼん》を提げたり、お茶を持ったりいそがしげに店の中を歩き回っている。

「おこんは奥かい」

歌麿はそばにきた女に訊いた。

「あらあ、先生」

女はわざとらしく眼を瞠《みは》り、身体をくねらせた。おときという名前で、年はおこんより二つ上だった。丸顔で、瞠らなくとも十分に大きい眼をもち、肥り気味の身体をしている。

「おこんちゃん、今日は休みなんですよ」

「そうか」

「いやねえ」

おときは、丸く肉付きのいい腕で、すばやく袂を掬《すく》い上げると、歌麿の胸のあたりをぶった。

「急にがっかりした顔をなさって。あたしじゃだめですか」

「いや、お前さんで結構。この人と話があるから、部屋が空いていたら、酒を運んでくれ」

二人が通された部屋は、いつもおこんを描くときに使っている二階の隅の部屋だった。

「ここは静かでいい」

腰をおろすと、歌麿は言った。三味線の音が聞こえているが、二階ではなく、鈴屋の階下の部屋か、隣の寄合茶屋宇治のようだった。

馬琴は障子を開けて窓際に立ち、外を見ている。日が暮れかかっているらしく、部屋の中はぼんやりした暗がりが淀んでいて、外光に照らされた馬琴の横顔だけがはっきり見える。やはり何か考えこんでいるような顔つきだった。

「失礼しました」

馬琴はすぐ畳に戻ってきて言うと、堅苦しく一礼した。

「だいぶ、桜の蕾が膨れていますな」

と馬琴は言った。

「間もなくでしょうよ。あんたは、花見などに出かけたことがありますか」

「そりゃ私も江戸の人間ですから」

と馬琴は言った。

「上野、向島、そう飛鳥山も行ったことがあります。しかし……」

馬琴は首をかしげた。

「ここ二、三年は、出かけていませんな。店が忙しいし」

そう言ったとき、「お待たせしました」と言っておときが入ってきた。

行燈《あんどん》に灯が入ると、不意に窓の外が暗くなったような感じがした。

「先生」

おときはとりあえず二人に酒を注ぐと、歌麿に言った。

「おこんちゃんばかりでなく、あたしもいつか描いて下さいな」

「………」

「あたしだって、こう構えるとまんざらでもないんですから」

おときは髪の後ろに手を当て、斜めに歌麿を見てしなを作った。

「なるほど、かなりのもんだな」

「でしょう？　こんな美人がそばにいるのに、ひょっとしたら気がつかなかったんじゃありません？」

言っておときは、不意に耳ざわりなかすれ声で笑い出した。思いがけない大きな口だった。眼尻に細かい皺《しわ》が溜まるのを、歌麿は少し冷酷な眼つきで眺めた。

内密の話があるからと、まだ喋りたそうなおときを階下にさがらせると、歌麿は改めて馬琴に酒を注いで言った。

「さて、話をうかがいましょうか」

「先生は、さっきのような女は嫌いですか」

馬琴は歌麿には答えずに言った。

「嫌いというわけではないが、絵にはなりませんな」

「どうしてです？　美人じゃないからですか」

「どうしてどうして」

歌麿は微笑した。

「肌はきれいだし、目ん玉が少し大きいところが難だが、可愛い顔をしているよ」

「絵にならないというのは、じゃ、好みに合わないということですか」

「わたしは、別に好みで描いているわけじゃない。商人の内儀さん、芸者、山猫、何でも描きます。丸顔でも瓜実顔でも、じつはかまいません。ただ透けて見えるような女は、描く気にならんのですよ」

「………」

「なんかわたしには見えないものを隠しているような女がいい」

そう言いながら、歌麿は自然に高島屋のお久を思い出していた。お久は不自由のない、水茶屋を兼ねる大きな煎餅《せんべい》屋の娘で、初めて会ったとき、歌麿は箱入り娘という言葉を思い出したものである。おっとりして、声も細く上品だった。だがお久は親に隠れた激しい恋をして、男と駈け落ちした。

お久を一枚絵にしたのは、やはり間違っていなかったのだ。ただ歌麿が、お久の錦絵を凝視しながら思うのは、隠されていたお久の激しい血を、どこまで描き出せただろうかということである。

「わたしが女を描くのは、要するにそういうことです」

歌麿は盃を乾して言った。自分の声が、少し高調子になっているのに気づいているが、これは酔いのためではない。

「女はわからんから描くのですよ。実際寝てみなきゃわからんような女がいる。面白いじゃありませんか、番頭さん」

「そういうものですか」

「そうですよ。中には寝てみて、なおかつ正体が知れない女もいる。謎ですな」

「………」

「若い頃、わたしは女なんかこんなものだと高をくくった時期があった。みんなわかった気がして興醒めしたものです。ところが四十になって、またわからなくなりましたな。近頃は女が怖い」

「………」

「あんたにあの女を見せたかったたな」

「誰をですか」

「おこんという女ですよ。いま鶴喜の注文で描いている女だが、さっきのおときとは違う。おときは、着物を着ているが、裸同然です。わたしには、あの女が寝たときにどんな顔をし、どんな声を出すかまで想像できる」

馬琴が顔をしかめて、そっぽを向いた。

「おこんはちょっと違う。一枚一枚衣裳を剝《は》いでいって、最後に裸があったというようなものです。いや違うな」

「………」

「その裸の奥に、まだ何かがありそうだ」

そう言ったとき、歌麿はまた、小財布を開けているおこんの、しなやかな指を想像した。

「あんたには、わたしの言うことが解らんかも知れんな」

「いや、わかっていますよ」

視線を戻した馬琴が、不意に斬りこむように言った。

「すると、例の役者絵のお願いは、やっぱり駄目ということですか」

歌麿は、口を噤《つぐ》んで馬琴の顔をみた。

——この男は、頭は悪くないな。

と思った。役者絵は直截《ちよくせつ》に型を描き出せばいい。中身を描くわけでない。役者絵を描けという蔦屋の注文を、歌麿がにべもなく断ったことから、歌麿と蔦屋の間は、ここのところ気まずい仲になっていた。馬琴がそのことで訪ねてきたことが歌麿にはわかっている。

三

馬琴の主人蔦屋重三郎によって、歌麿は世に出た。

勇助という名前だった子供の頃から、歌麿は狩野派の絵師鳥山石燕《せきえん》について画技を習ったが、二十二のとき北川豊章という名で富本節正本の表紙絵を描き、町絵師への一歩を踏み出している。初めの間は、もっぱら細版の芝居絵を描いていたが、そのため鈴屋、四ツ又といった版元から、黄表紙の挿絵の注文が入るようになった。

版元として高名な西村永寿堂から、黄表紙の挿絵の注文が来たのはその頃である。

永寿堂は、黄表紙本、洒落本、絵本、狂歌本から錦絵まで、手広く出版して、江戸で五本の指に入る版元である。歌麿は心血を注いだ仕事をした。

だが読本《よみほん》、洒落本の挿絵の注文が数回あった後、永寿堂の注文はばったり途絶えた。永寿堂に見放されたと、歌麿は感じた。そのあと永寿堂が、名門鳥居派の俊才鳥居清長を採用し、やがて美人画の一枚絵を描かせるようになったのを知ったからである。清長は、歌麿よりひとつ年上だった。苦い失望を、歌麿は味わった。

失意の中にいた歌麿を拾い上げたのが、蔦屋である。蔦屋は、初めの間、黄表紙や狂歌本、洒落本の挿絵を描かせたが、やがて当世遊里美人合などの連作美人絵で人気を高めていた清長に対抗して、歌麿に美人錦絵を描かせ始めた。西村永寿堂につき離されて三年ほど経った頃である。やがて歌麿は、蔦屋から青楼仁和嘉《にわか》女芸者部、青楼尓和嘉《にわか》鹿嶋踊続といった青楼ものを出して次第に頭角を現わし、大判雲母摺《きららずり》の当世踊子揃から、歌撰恋之部、豊雛、お北、お久を描いた当時三美人を刊行するに及んで、人気は爆発した。これまで大首絵は役者の似顔絵に限られていたのを、歌麿が小伊勢屋おちゑで大首の美人を描いたとき、江戸市民は衝撃をうけたのであった。

いま歌麿の人気は不動のものとなり、天明の一時期を風靡した美人絵師鳥居清長は、歌麿の人気に抗しかねて美人絵の筆を折り、鳥居派本来の芝居の仕事に戻っている。

　蔦重が役者絵を描けといっている理由は、歌麿にはわかっている。天明七年四月、十一代将軍に家斉《いえなり》がなり、六月に松平定信が就任してから世の中が変わった。やがて寛政の改革が始まり、幕府は、聖堂において朱子学以外の異学を講ずることを禁じ、好色本、一枚絵の取り締まりが厳しくなった。こうした中で人気戯作者朋誠堂喜三二の評判作文武二道万石通、恋川春町の鸚鵡返《おうむがえし》文武二道、唐来三和《さんな》の天下一面鏡梅鉢は発禁になり、春町は憂悶の間に怪死していた。喜三二の病死も自殺だと噂されている。

　二年前の寛政三年には、蔦屋から出版した山東京伝の洒落本手段《てくだ》逼物《つめもの》娼妓絹籭《ぶるい》、大磯風俗仕懸文庫、青楼昼之世界錦之裏三冊が発禁になり、京伝は五十日の手鎖宿預かり、版元である蔦屋は身代半減の刑を受けている。錦絵刊行には、いちいち検印が必要で、また行事改めの布令が出るなど、出版の取り締まりは苛酷なものになっていた。

　川柳とならんで、江戸市民の嗜好《しこう》に深くかない、絶大な人気があった狂歌も、天明後期の狂い咲きのような狂歌本発行が、寛政に入ると寥寥《りょうりょう》とした有様になり、四方《よも》赤良《あから》（大田南畝《なんぽ》）はいち早く狂歌を捨て、宿屋飯盛（石川雅望《まさもち》）は江戸払いの刑をうけて、郊外鳴子村に蟄居《ちつきょ》、酒上不埒《さけのうえのふらち》（恋川春町）は死んだ。

　こうした中で、役者絵と相撲絵は取り締まりの外に置かれていたのである。そして蔦屋を刺戟しているひとつの噂があった。芝神明前三島町の版元和泉屋市兵衛が、豊国を使って役者絵の連作を出すという噂である。歌川豊国は、すでに役者絵の名手として、着実な人気を得つつある新進の町絵師だった。

　泉市が豊国を起用し、本腰を入れて役者絵に取り組むと聞いたとき、蔦屋は恐らく虚をつかれたのではないかと歌麿は想像する。芝居の人気と並行して、役者絵に対する嗜好も次第に高まってきている。そういうときに泉市は、上り坂の豊国に思う存分描かせようとしている。しかも役者絵は取り締まり外である。

　蔦屋は、これまで勝川春英、春朗（北斎）の二人に、役者絵を描かせているが、数が知れている。蔦屋の版元として一番弱いところだった。

　――恐らく蔦屋には、泉市の成功が見えているのだろう。

　と、蔦屋自身からその話を持ち出されたとき、歌麿は思ったのであった。儲けもさることながら、蔦屋の事業家としての欲望が、泉市の企画に舌なめずりを禁じ得ないのだ。しかも身代半減の苛酷な処分を受けて以後の蔦屋には、手探りで板行《はんこう》するような、仕事の上の危惧がある。泉市に対する羨望が、蔦屋の内部で焦燥に変わりつつあるのが見えるようだった。目はしの利くことでは、江戸の版元仲間にその比をみない男が、みすみす泉市に遅れをとるのだ。

だが歌麿に、役者絵はどうかねと持ちかけて断られたとき、蔦屋はその焦燥を気ぶりにも見せなかった。腕を組んで、肉の厚い顔の中から、じっと歌麿を見据えたあと、

「ま、考えて下さい」

と、ぽつりと言って話を打ち切ったのだった。

「わたしは好きなものを、好きなように描きたいから絵師になった。いまさら好きでもない役者なんぞ描きたくありませんな」

と歌麿は馬琴に言った。

「これはわたしが蔦屋さんにお世話になったこととは、話が別ですよ」

「それは言えますすな」

「それは言える？　そんなあいまいなもんじゃないよ、番頭さん。はっきり話の筋が違うのです。だからわたしは断った」

「困りましたな」

「こちらも困る。ま、お引き受け出来ませんと言うしかない」

「でも、役者絵が描けないわけじゃないでしょう」

歌麿はじっと馬琴の顔をみた。馬琴も見返したが、やがて眼を伏せて手酌で酒を注いだ。

「いや、失礼しました。先生のおっしゃることはよくわかっています」

「それに、じつを言うともうひとつ気に入らんことがあるのだ」

歌麿は盃を置いて言った。少し言葉を切ったのは、その間に自分の酔いを測ったのである。大きな声では言えないことを言おうとしていた。

「じつを言うとな、蔦屋が危ないものから逃げて、心配のないところで仕事をしようとしている了見が、わたしは気に入らないのだ」

「………」

「わかりますか、番頭さん」

「ええ、ま」

「あんた、どう思っている？　取り締まりの方が正しいとお思いかね」

「いや、わたしも戯作者の端くれですから」

馬琴は胸を起こした。

「いまのような厳しい取り締まりは、息がつまります」

「そうだろ。お上がどう考えようと勝手だが、狂歌はいかん、洒落本もまかりならんで、あちこち窮屈になったら、こりゃ今に何にも出来なくなりますよ。そんなことで、世の中立派になるという考えなら、こらお笑いぐさだ。窮屈で立派な世の中なんぞ、考えただけで胸糞悪い。ね？」

「はあ」

「蔦屋は、いままでそういう気分で仕事をしてきた。それぞれが好きな枝で花を咲かせろ、と。だから人も集まったのです。だがここに来て役者絵というのは、これは逃げですよ。そう思いませんか」

「しかしうちの旦那は、一度ひどい目にあっていますから」

馬琴は番頭くさいことを言った。

「わたしが言いたいのは、そこです。一度で尻尾を巻くような蔦屋だったのかということだよ」

「しかし、仮りに」

馬琴は真直ぐ歌麿を見た。

「先生がお咎めを受けたとしたら、どうしますか。美人絵はともかく、歌まくらのような艶本を描けますか」

「わたしか。わたしは大丈夫のつもりだが」

歌麿は言ったが、不意に虚をつかれたように馬琴の顔をみた。自分は美人絵と艶本しか描けないと思い、それが描けないなら生き甲斐はないと日頃思っている。一昨年、昨年はとくに取り締まりが厳しく、筆禍を恐れて洒落本の出版は、どの版元を見渡しても見当たらないという中で、蔦屋と京伝が咎められ、歌麿も上州に逃げたりした。だがその間に描きたい欲望は膨れ上がり、描いて咎められるならそれでも構わないと思うほどだったのである。

だが、いま馬琴に言われてみると、自分が京伝や春町のような立場に立ったら、どうなるかはわからないという気が、ふとしたのであった。歌麿には正体が測り知れない、権力というものに対する怯《おび》えが、ちらと心をかすめたようであった。

「それに、うちの店はかなり金に困っています」

と馬琴が言った。泣き落としかと思ったらそうではなく、馬琴はいきなり自分のことを話し出した。

「じつは私も婿入りの話がありまして。どうしようかと思案しているところです」

「あんたが、婿に？」

歌麿は、酒が入っても、相変らず心配そうな顔つきをしている番頭をみて、思わず微笑した。そう言われてみると、眼の前に坐っている男は、戯作者よりも商家の婿に似合うかも知れなかった。

「私はもともと番頭向きではありませんし、うちの店が苦しい時ですから、この際、かえって身をひいて、しっかりした人間に後を譲るのがいいかも知れません。近頃そんなことを考えているわけで」

「相手は商人かね」

「はあ、飯田町の履物屋です」

「美人かね、娘さんは」

馬琴の顔に一瞬羞恥《しゅうち》がみなぎった。酒のための紅《あか》みの上に、いきなりぶ厚い紅みが重なったように歌麿には見えた。相手のことをもっと聞きたかったが、歌麿はやめた。

「戯作の方は、それで諦めるわけかな」

「さあ、どうなりますか。いまも少しずつ書いてはいますが」

「でも虱《しらみ》の道行は評判いいそうじゃないか」

「しかしああいうのは、ちょっと私には向かない気もしますので」

「諦めずにやったらどうですか。ま、一人前に門戸を張るまでにはなかなか大変だろうけれども。そんなことを言えば、わたしだって同じことだった。自信なんてものはひとつもなかったよ」

「そういうものですか」

「そう。好きだからやってきただけですよ」

好きだからねえ、そうですかと馬琴はつぶやいた。うつむいて、手酌で二杯、三杯と盃を口にはこんだ。歌麿のことは念頭から消えたように、不意に天井を見上げて苦悶の表情を示したり、そうかと思うと首が落ちこむほど深くうつむいて、あたしだって書くのが好きなんだとつぶやいたりしている。

——変った男だ。

歌麿は、口をはさまずに馬琴を見ている。蔦屋の番頭が、心中になみなみならぬ葛藤を抱えていることはわかるが、その悩ましげな風情は、人なみすぐれた大きな身体に似合っているとは言えない。そのちぐはぐさが、どことなく滑稽な感じさえあたえる。

——悩める男かね。

しかし恋の悩みなら間に立って口を利いてやることも出来るが、蔦屋の番頭の悩みは助言がむつかしい種類のものである。絵だって、ああ描けこう描けというぐあいにはいかないのだからと歌麿が思ったとき、馬琴の身体が動いた。

「そろそろ帰りましょうか。私はやっぱり番頭には向いていないようです」

馬琴が立ち上がって言った。馬琴の姿は一度大きくよろめいたが、すぐに立ち直って入口の方に歩き出した。

その大きな背に、歌麿は声をかけた。

「誰か、代わりを探すんですな。役者絵がうまい奴を」

四

おこんに会ったのは、それから三日後だった。

いつものように、低い窓枠に腰かけて、これでいいですか、と笑いかけたおこんを見たとき、歌麿は久しぶりにおこんに会ったような気がした。

「こないだ店に来たのだが、あんたは休みでいなかった」

「いつですか？」

「三日前だよ。耕書堂の番頭と一緒でな」

「じゃ、二日ほど休みをもらったときです。おっかさんがぐあい悪いものだから」

「どこが悪いんだね」

「風邪。大したことなかったんですが、もう年ですからね」

「そいつは大事にした方がいいな」

歌麿は言ったが、画紙をひろげたままで、ぼんやりおこんを見ている。なぜか初めておこんを見るような気持がある。歌麿は内心で舌打ちした。

——前の下描きが無駄になった。

この前見たときと、おこんが違ったわけではない。おこんはやはり艶のある白い肌をし、受け口の唇の紅も乗りがよく、生きいきした表情をしている。歌麿に向ける眼も翳《かげ》りらしいものは何もなく、黒眸がきらめくようだった。

それでいて、歌麿には別の女を見るような、しっくりしない気持がある。

——あのせいだ。

と思った。

「どうしたんですか、先生」

おこんが訝《いぶか》しそうに声をかけた。

「疲れているんですか？」

「うん、少少な。酒を飲んだらいいかも知れん。運んでくれるか」

歌麿の言葉に、おこんは水茶屋の女らしく腰軽く身をひるがえすと、階下に降りて行った。

歌麿は立って窓のそばに行った。窓のすぐそばまで桜の枝が伸びてきている。僅かの間に、蕾はまた少し膨らみを増したようだった。枝越しに、大川が見えた。海のように青い水面が小きざみに波を刻んでいる。不意に岸に近いところに荷船が現われて、桜の枝に触れるかと思われる近間を通り過ぎて行った。鈴屋の桜は水の上まで枝をのばしている。時刻はまだ八ツ半（午後三時）前だろうと思われた。

対岸の川べりを歩いている人の姿が、小さく見える。左手に青い樹木の盛り上がりが見えているのは、多田薬師の森のようだった。

「お待ちどおさま」

おこんが酒肴《しゅこう》をのせた膳を運んできた。

「花見に連れて行くぞ、おこん」

二、三杯飲んだあとで、歌麿は言った。

「どこがいい？　まさか吉原仲ノ町というわけにはいくまいから、上野か飛鳥山というところかな」

「うれしい、先生」

と言っておこんは手を拍った。

「お花見なんか、あたい行ったことがないんです。初めてです」

「あれはわざわざ見に行った方がいい。ついでに見ようと思っていると、いつの間にか散ってしまうもんでな」

歌麿が言ったとき、襖《ふすま》の陰で男の声が「ごめん下さいまし」と言った。鈴屋の亭主民之助の声だった。

おこんが立って襖を開けると、民之助はするりと滑りこむように部屋の中に入ってきて坐った。

「毎度ごひいきを頂きまして、有難う存じます、先生」

「なにか、用ですか」

「はい。お楽しみのところ恐れ入りますが、ちょっと階下までおこんをお借りしたいと思いまして」

「いそがしくて結構じゃないか」

歌麿はちょっと皮肉な口をきいた。昼過ぎに鈴屋にきたとき、おこんを借りるために金を払っている。気が乗らずに酒を飲んでいるからいいようなものの、下描きをしている最中だったら、荒い言葉が出るところである。

「先生」

民之助は肥った首に手をあてて、困ったような笑いを浮かべた。

「ご無礼は重重承知しておりますが、ちょっとえらいことが出来まして」

「何だね」

「へい。お客さんが、その、腰掛けで茶を召し上がっていたお客さんなんですが、財布を置き忘れて戻ってみたら、それが無くなっているとおっしゃるもんで」

「……」

「ほかにお客さんもいらっしゃいましたし、家の者と限ったわけでもないんでございますが、なんでも毛氈《もうせん》と座布団の間に挟んだままお忘れになったとお言いになるもんで。座布団を片付けたのは店の者ですから、仕方なく黒船町の親分にきてもらったわけで」

「辰次さんかい」

岡《おか》っ引《ぴき》で黒船町の親分というのは、絵草紙の店をやっている辰次という男だった。六、七年前、宿屋飯盛を先生格にして、薬研堀のお久の店、高島屋で狂歌の集まりを開いたことがある。一年ほど続いたその集まりに、歌麿も時どき顔を出したが、その中に辰次がいて春面《はるも》行蘭《ゆくらん》という名前だった。岡っ引には見えない、品のいい人相の五十男で、道で会えば今も立ち話をする程度の知り合いである。

「ご存じで？」

民之助はびっくりした顔になった。

「はい。知っていますよ」

「それで、いま親分に一人一人、店の者から事情を聞いてもらっているのですよ」

「わかりました」

と歌麿は言った。

「それじゃ、少し経ったらおこんをやりましょう」

民之助が恐縮して出て行ったあと、部屋の中に沈黙が落ちた。

「いやね」

とおこんが呟いた。おこんの顔は青ざめて、血の色がなかった。肌が急に艶を失って乾いたようにみえる。

歌麿は、うつむいて盃を持ち上げようとしているおこんの手が、微かに顫《ふる》えているのをじっと見つめたが、低い声で言った。

「わたしが預かってやるよ。出しな」

「あら。何のことですか」

おこんは眼を上げて歌麿をみたが、その表情はすぐに醜く歪《ゆが》んだ。ばらばらに崩れた表情の中から、おこんの眼だけが、哀しげに歌麿を見つめている。

淡い感動のようなものが、歌麿の心を横切った。おこんの裸を見たような気がした。

「誰にも言わないよ」

おこんは歌麿の眼を見つめたまま、袖口から手を引っこめ、やがて手妻使いのように黒縞の財布を出して歌麿に渡した。

「一杯ひっかけて行くといい」

立とうとしたおこんに、歌麿は言った。歌麿に注いでもらった盃を、品よく両手の指先で受けると、おこんは、仰向いて一気に飲み乾《ほ》した。

「うん、それでいい。顔色が戻ってきた。さっきはぶっ倒れるかと思ったよ」

「知ってたんですか、この前のこと」

おこんは小声で言った。顔に血の色がさし、おこんは表情を取り戻していた。だがその表情の中に、罪を悔んでいる色は見えず、ただ稚い好奇心のようなものが潜んでいる感じだった。

「そりゃ気づいたさ。わたしは財布の中身も知らないほどの金持ちじゃない」

「ごめんなさい」

言ったが、おこんはちょろりと舌を出した。もも色の小さい舌先だった。おこんは元気を取り戻していた。

部屋を出ようとして、おこんは振り返ると言った。

「お花見は、もうだめね、先生」

歌麿は答えないで、手酌で盃に酒を満たした。どう答えたらいいか、わからなかった。

五

おこんが住んでいる家を探しあてたのは、もう七ツ（午後四時）近い時刻だった。そこは妙源寺の広大な寺域に、しがみつくように家が並ぶ荒井町で、おこんの家は、突きあたりに寺の塀が立ち塞がっている、裏店の中にあった。

「あら、先生」

顔を出したおこんは、一瞬眼を瞠《みは》ったが、すぐに嬉しそうな顔になった。

「よくわかりましたね。こんな小さな家が」

「探した、探した」

歌麿は少し陽気な声で言った。懐紙を出すと、滲み出ている額の汗を拭いた。風もなく晴れた一日で、江戸の町は、昼を過ぎる頃から生温かくかすみがかった空気に包まれ、暑いほどだった。

「鈴屋に行ったら、もうやめて十日ほどになると聞いてな」

「もうあたいのことなど、お忘れになったと思ったのに」

おこんの顔に、ふと探るような表情が浮かんだ。

「何かご用ですの」

「まだあんたとの間に、けりがついていないことがある」

はっとうつむくと、おこんは呟くように言った。

「すみませんでした先生。あのお金は、必ずお返しします」

「いや」

歌麿は手を振った。

「あの金はいい。どうせ絵が出来たら、あんたに礼を出すつもりだった。あれはいいが、鈴屋の客の財布な」

「………」

「あれは辰次親分から返してもらった。もう心配はいらん」

実際には、歌麿が、わけを聞かずに返して欲しいとあの縞財布を出したとき、辰次は凄《すご》い顔つきをしたのだった。狂歌をよむほどの洒落けもあり、人当たりのいい男が、荒荒しい語気で歌麿を問いつめ、それを躱《かわ》すのに、歌麿は汗をかいたのである。

「すみませんでした」

おこんは上眼遣いに歌麿をみてまた言った。おこんはしおれて、明るさを失っていた。それが歌麿には辛かった。鈴屋で、初めてみた頃のおこんの弾けるような陽気さはない。

おこんの気を引き立てるように、歌麿は言った。

「もうひとつ用があった。花見に行くかね。上野がいま見ごろだ」

おこんが顔を上げた。灯がともったように、おこんの表情に浮かび上がってきたものがある。

「うれしい」

おこんは歌麿の顔を見上げて囁《ささや》いた。おこんの顔には、ほとんど無邪気なほどの微笑が浮かび、こみ上げてくる笑いに白い歯がのぞいた。

――やはり来てよかった。

と歌麿は思った。

昨夜歌麿は、鈴屋の二階でおこんを描いた下描きをとり出して、本画を描いてみた。だが結局は数枚の版下紙を無駄にしただけだった。下描きは、見たこともない人間のように、眼鼻も口もばらばらな女を描きとめているだけで、おこんの姿を浮かび上らせるのに何の役にも立たなかったのである。

筆を捨て、下描きを破って行燈の灯を細めたとき、不意に歌麿の心におこんに対する憐れみが忍びこんできた。家が貧しく、弟妹が多いというおこんは、恐らくろくな育ち方をしていないのだろう。しかも、いまも人の物に手をかけるほど貧しい。そう思うと、美しい顔をした女の盗癖が心を湿らせたのであった。約束した花見だけは連れて行ってやろうと思った。それだけが、おこんとの間に残された繋がりのように思えたのである。

「先生、うちのひとに会って頂けません？」

おこんが言った。歌麿はぎょっとした。

「病気で寝てるんですが、あたいが先生に絵を描いてもらうというのを、とっても喜んでいたんです」

「あんた」

歌麿は漸く言った。

「所帯持ちか」

「ええ」

「それじゃ、突然邪魔しちゃ悪いだろう」

そう言ったが、歌麿の気持はまだ混乱している。初めて見た頃、おこんは陽気で、屈託なく笑う女だった。次には貧しく、手癖が悪い小娘に変った。そしていまおこんは亭主持ちだという。

「構いません。毎日じっと寝ているだけで、家には誰も来ませんから、先生にお会いしたらきっと喜びます」

「……」

「ただ、絵を描くのをやめたことは言わないで下さい。出来上がるのを楽しみにしているんですから」

「長いこと寝ているのかね、ご亭主は」

「ええ、もう一年半近くになります」

「……」

「癆痎《ろうがい》なんです。入るのいやですか」

歌麿は首を振った。

六畳の部屋には、外の空気とは別の、ひんやりとした感じが籠っていた。おこんの夫は、歌麿が部屋に入ると、眼だけで訝《いぶか》しむように歌麿をみた。何となくやくざっぽい人相の男を考えた歌麿の想像ははずれた。

掻巻《かいまき》から顔だけ出している男は、澄んだ眼をもつ、少年のように若い男だった。青白く痩《や》せた顔だったが、きれいに髭《ひげ》が剃《そ》ってあり、掛けてある掻巻も花柄の真新しい品だった。部屋は塵《ちり》ひとつなく片付いている。

「お前さん」

おこんは男の上に顔を傾けるようにして言った。

「この方が、あたいを描いてくれている歌麿先生よ」

「ああ」

男が微笑した。その笑いを、歌麿は凝視した。そういう笑いを、歌麿はいままで見たことがないと思った。神か、仏がほほえむということがあれば、こんな笑顔になるだろうと、一瞬思ったほどの、透明で邪気のない笑いだった。

「長いこと寝ているんでは、大変ですな」

と歌麿は言った。

「私は馴れましたが、おこんが大変です」

男は、やはり少年のように細く透る声で言った。

「なに、おかみさんはしっかりしていなさるから」

歌麿はじっさいそう思っていた。部屋はさっぱりと掃除が行きとどき、開けた窓枠に木瓜《ぼけ》の植木鉢が花を開いている。掻巻ひとつをみても、おこんが病人を大事に扱っているのが解った。

近くまで来たから、見舞いに寄ってくれたのだ、とおこんが歌麿のことをとりなした。男はうんうんとうなずいたが、また微笑して言った。

「先生、おこんの絵は、いつ頃出来ますか」

「そうですな」

歌麿は顎《あご》を撫でた。

「いま版下絵を描いていますから、これから彫りに回って、絵草紙屋に出るのは秋になるでしょう」

「そうですか」

男は言ったが、そのまま静かな口調で続けた。

「それまで生きていられるといいんですがね」

不意に男が噎《む》せるように小さな咳《せき》をした。男が怯えるようにおこんをみたのと、おこんがすばやく男の背に回って抱き起こしたのが同時だった。眼をそむけるような、激しい咳の発作が続いた。男は上体を二つに折るように掻巻の上に伏せ、朱を噴いたような顔になって身をよじった。

歌麿はおこんを見た。おこんは顔を伏せて祈るような姿勢で、背をさすっている。

六

上野の山は混雑していた。

薄く紅を刷《は》いた花の重なりで、桜の木は枝もたわむばかりに頭上に迫って来る。ぼんやりした日射しが、人と花を包んでいたが、花曇りというのか、空はどんよりと色彩を失っていた。

山王社の崖《がけ》っぷちに並んだ葭簀《よしず》張りの茶店でお茶を飲むと、歌麿はまたおこんと連れ立って歩き出した。花を見上げている人にときどきぶつかって、歩みははかどらなかったが、別にいそぐことはなかった。人波に逆らわずに、のんびりと歩いていればよかった。子育て観音の裏側に回ると、そこは毛氈、花むしろを敷いて、酒を酌みかわしている人で、足の踏み場もない。

「ご亭主は、だいぶ悪いようだな」

足を返して、黒門の方に歩きながら、歌麿はふと言った。おこんは浮き浮きした表情で、鈴屋にいたときや、子供の頃の話を喋り、合間に「きれいな花」を連発していたのだが、歌麿の言葉にふと酔いが醒めたような顔になった。

「あんたと、おっつかっつに見えたが、年は幾つかね」

「あたいよりひとつ下」

「十八かい？」

歌麿は驚いて言った。

「ええ。一緒になったのは、あたいが十七、あの人が十六の時です」

おこんの亭主は迪蔵《みちぞう》という名前だった。迪蔵は孤児で伯父に養われたが、浅草聖天《しょうでん》町の大工に見習奉公している間に、病気になって暇を出された。おこんと知り合ったのは、迪蔵が自棄《やけ》を起こして悪い仲間に誘われかかった頃である。迪蔵を知ると、おこんは家を飛び出していまの場所に所帯を持ち、水茶屋に出るようになった。

「初めの間は、あの人も手間取り仕事で働いたんですが、そのうち血を吐いて寝こんでしまったんです」

「………」

「もう医者に見離されているんですよ。薬はもらっていますけど」

おこんは言ったが、不意に明るい声に戻った。

「こんな話、やめましょ。せっかくお花見に連れてきてもらったんですから」

おこんの声が終わったとき、眼の前を白光が叩いた。稲妻だった。それが合図だったように、四囲の風景がしぼむように暗くなり、色を失った。南西の空はまだ昼過ぎの明るさを残しているのに、上野の山の奥にある北空は、いつの間にか夜のような暗い空に変っている。騒然と、人が走り出した。

「これはいけない。一雨来そうだ」

歌麿も、少しうろたえておこんに言った。

「どっかに入って、ひと休みしよう」

そこは山を降りた不忍池のほとりだった。突然頭の上で、すさまじい雷鳴がとどろいて、それを追うように、唸《うな》りを含んだ風と大粒の雨が襲ってきた。

雷の音で、おこんは歌麿の胸にしがみついたが、歌麿にうながされて、前裾を押さえながら走り出した。また眼の前に火柱が立ったような稲妻が光り、雷鳴が耳を叩いた。池の水面がしぶくような雨の音に包まれるのを聞きながら、二人は池の脇の道を走った。

仁王門前の端《はず》れにある出合茶屋に駈けこんだとき、二人はかなり濡れてしまっていた。

「雹《ひょう》ですよ。恐ろしいこと」

部屋に通されると、歌麿はすぐに女中に着物を乾かしてくれるように頼んだ。握らせた小粒が利いて、着替えの丹前と炭火を持ってきた女中が、機嫌のいい声でそう言った。

「酒をもらおうか」

「お肴は？」

「見つくろってもらって結構」

女中が部屋を出て行くと、歌麿は火鉢のそばから、まだ部屋の隅に坐っているおこんを呼んだ。

「そこは寒いだろう。こっちに寄りなさい」

おこんは素直に立ってきて、火鉢の向こうに坐った。障子を洩れる光はほの暗く、外には風雨がざわめいている。おこんの表情は、はっきりとは見えなかった。

——何を考えているのかな？

歌麿は、さっきからひと言も声を出していないおこんを見ながら、心中を推し測った。突然の嵐で出合茶屋に駈けこんだのは、ただの成行きである。だがその成行きに、歌麿自身が動顚《どうてん》していた。ここは男と女が情を交す場所である。そして歌麿におこんに対する欲望がないとは言えない。

絵を描いているとき、歌麿は描かれている女に惚れこんでいる。女のうつくしさを、一滴もあまさず掬い取ろうとする。だが、それだからといって、歌麿は世間にうわさがあるように、そのつど女たちと寝たりしているわけではない。絵が第一で生身の女は二の次になる。絵が出来上がったとき、女は絵の中に昇華されて、生身の女に対する欲望は大方さめている。

おこんの場合は、そうはならなかった。絵が出来上がらなかったために、生の欲望がくすぶった形で残ったようであった。うす暗い部屋におこんと二人だけになったとき、歌麿はわずかな当惑を押しのけて、これまであいまいな形をしていた欲望がむくりと顔を上げたのを感じている。そういうことに、おこんは気づいているだろうか。

酒を運んでくると、女中は行燈に灯を入れようとした。

「灯はいらないよ」

と歌麿は言った。ほの暗いが、酒を注ぐのに困るほどではない。

「にわか雨だから、すぐ明るくなるだろう」

「灯がない方が、かえってよござんすかも知れませんよね」

女中は意味ありげな笑いを残して出て行った。

——そう。女を抱くのに灯はいらない。

と歌麿は思った。

おこんと黒門のそばで落ち合ったとき、そう考えていたわけではない。花を見せ、多少の金を渡して別れるつもりだったのである。だがこうして日暮れのような部屋に閉じこめられてしまえば、あとは流れに身をまかせるしかなかった。少しずつ膨れてくる欲望があった。

——それに、一度俺はこの女の裸をみている。

鈴屋の二階で、醜い表情になったおこんをみた。人に見せてはならない顔を、この女は俺に見られてしまっている。手癖が悪く、嘘つきで、美しいこの女と、一度はこうなる定めだったのだろう。

「こっちへ来ないか」

歌麿は向かいあっているおこんの手を握って言った。黙って、おこんは立ってきた。身体をとらえている深い酔い心地が、酒のためなのか、おこんの身体の匂いのためなのか、歌麿にはわからなかった。歌麿の手で、畳に横たえられたおこんの身体は、抵抗なく柔らかかった。

「先生」

不意におこんが呟いた。

「仕方ないわね。あたい、疲れてしまった。だから、あのひときっと許してくれる」

裾を割って、おこんの脚に伸びた歌麿の手が、不意に止まった。暗い部屋で、外にしぶく雨の音を聞いている、少年のような男の眼を思い出していた。

花弁のような唇に、もう一度静かに唇を重ねた後、歌麿はゆっくりおこんから身体を離して立つと、障子を開けた。

「気が利かない雨だ。せっかく気分が出たところで晴れちまったぜ」

歌麿は少し伝法な口調で言って、おこんをみた。おこんは、まだ裾を乱して横たわったままだった。畳に投げ出した白い腕に、一すじの明るい光が射し込むところだった。

いつの間にか、おこんの家がある荒井町にきていた。浅草に行った帰りである。

鶴喜の番頭に手荒く催促されて、歌麿はいま仲町のくめ次という芸者を描いている。だが筆がすすまなかった。おこんに会ってみようか、と思ったのは、そのせいもある。それに花見に出かけて嵐にあった日、結局はおこんにひどく残酷な仕打ちをしてしまったような後悔があった。あの日歌麿は、おこんに五両の金を渡したが、おこんがどういう気持でその金を受け取ったかは解らない。

そういう気持があって来たのだが、おこんにはもう会わない方がいいのではないかという迷いもあった。迷いに決まりがつかないまま、歌麿はおこんの家がある裏店の、木戸が見えるところまできていた。

不意に木戸が開いて、まぶしい光の中に人が三人出てきた。一人は背に真新しい棺桶を背負い、一人はおこんだった。羽織、袴をつけてつき添っているのは、大家といった格の老人だった。

立ち竦《すく》んでいる歌麿の前を、貧しい葬列が通り過ぎ、おこんが立ち止まった。

「いけなかったのか」

歌麿は小声で言った。

「ええ」

「元気をお出し」

おこんは黙って歌麿の顔を見つめた。おこんの顔には淋しげな影が加わり、静かに﨟《ろう》たけた感じさえあって歌麿の胸を打った。

軽く頭を下げておこんは踵《きびす》を返した。が、二、三歩歩いたところで、おこんはもう一度立ち止まって歌麿をみた。

「先生に、絵を描いてもらいたかった。でも、もうおしまいね」

深い声音だった。おこんは背を向けると、いそぎ足に前を行く二人を追った。

凝然と見送っている歌麿の眼に、妙源寺の塀の上から路に突き出した桜の枝から、数片の花弁が男に背負われた棺に落ちかかるのが見えた。

梅雨《つゆ》降る町で

一

「蔦屋《つたや》さんと喧嘩しているそうじゃありませんか」

若狭屋の番頭石蔵は、にこにこしながら言った。傘を傾けて、歌麿の顔を覗いている。

「喧嘩？」

歌麿は驚いて石蔵を振り向いた。役者絵を描く描かないで、蔦屋とまだ揉《も》めていることは事実だが、それは喧嘩というほどのものではない。役者絵は引き受けたくないという歌麿の腹は決まっていて、蔦屋が機嫌を悪くしているのはわかるが、歌麿は、女絵の方はいつでも引き受けます、と言っている。それで筋は通っていると思う。

なぜなら、女しか描きたくないという歌麿を、蔦屋ほど理解している人間はいない筈だった。歌麿と蔦屋は、女の美しさを錦絵の上に花咲かせるという一点で深く結びついている。歌麿はあらゆる女から、手妻師のように美しさを引き出した。歌麿は造型し、蔦屋はその出来ばえを正確に測ることが出来る鑑定師《めきき》だった。

役者絵など描きたくないという歌麿の気持の中には、蔦屋を訝しむ気持がひそんでいる。似顔を写すにすぎない役者絵の鑑定に、蔦屋はどんな喜びを感じるつもりかという疑いである。

「おかしいね」

歌麿は傘を左手に持ちかえて、石蔵に身体を寄せた。昨日から降り出した雨は、今朝になって小降りになりながら、まだ執拗《しつよう》に町を煙らせている。その雨に濡れながら、邸の塀から道に突き出した樹の葉、塀下の雑草がおぞましいほど繁りあい、町は昏《くら》くみえた。

「喧嘩はしていませんよ。蔦屋はあなただってご存じのように、あたしにとっちゃ大恩ある店でね。いまさら喧嘩するような浅いつき合いじゃない」

「そうですか」

石蔵はやはりにこにこしている。

「でも、蔦屋さんが無理に役者絵を押しつけようとしたんで、先生が怒ったとか、もう蔦屋には描かないとおっしゃったとか、噂を聞きましたがね」

「誰がそんなことを言っているのかね」

歌麿は呆《あき》れて石蔵の顔をみた。石蔵は、隣の不幸は鴨《かも》の味といった顔で、ふだん柔和な表情を一層綻《ほころ》ばせている。これまで長い間、歌麿は蔦屋に独占された形で、他の版元はなかなか割り込む隙《すき》がなかった。そういう噂が流れているとすれば、彼等が好機が回ってきたと思う筈だった。鶴喜が熱心に連作の話を持ちこんできているのもうなずける。

「さあ、誰といっても……、こういう噂は自然に耳に入ってくるものでしてね」

「蔦屋の番頭さんかい」

歌麿は言ったが、すぐに馬琴の重苦しい表情を思い浮かべて、それはあり得ないと思った。馬琴は口軽く店の内情を喋る男ではない。

「いえ、違いますよ。あたしが聞いたのは別の方角でして」

「そうでしょうな。それにしても」

と、歌麿は石蔵の笑いに一本釘をさすように言った。

「その噂は嘘ですよ。役者絵を描きたくないと言ったのはほんとだが、蔦屋は別にそれを無理に押しつけてきているわけじゃない。それに女絵の方は、いまも蔦屋のものを描いています」

「それは、前に約束した分じゃありませんか」

不意に石蔵は、版元の番頭らしい鋭いものの言い方をした。

「おや、雨が上がったようだ」

歌麿は石蔵の言葉には答えないで、傘をすぼめて空を仰いだ。

いつの間にか雨が止んで、空が明るくなっていた。頭上の雲が、濃く浅く流れて、時どき雲に日の色が滲む。石蔵も傘をすぼめると、逆さに持って雨の滴《しずく》を切った。

——なかなかの番頭だ。

と歌麿は思った。石蔵は四十を二つ三つ過ぎて、歌麿とほぼ同じ年輩だろう。穏やかで世なれた表情をしているが、その丸顔の奥には、商売の駈け引きで鍛えたしたたかな自信のようなものが潜んでいる。見方は正確で、的を射ていた。

石蔵のいう通りだった。いま描いているおくらという女の絵が仕上がると、蔦屋の注文は一応切れることになる。蔦屋には、まだ寒さが残る二月半ばに会って、それっきりになっていた。番頭の馬琴も、桜の時期に二、三度役者絵のことで歌麿を訪ねてきただけで、その後顔を見せていない。役者絵のことが絡んでいるから、歌麿はその方が気楽だったが、重三郎からも馬琴からも、何の音沙汰もないのが、蔦屋の内部によくないことが進んでいる兆しのように、気になることがあった。

そういう気がかりに把《とら》えられるとき、歌麿の脳裏に浮かんでくるのは、蔦屋が京伝と一緒にお上に咎められた一件だった。

三年前のあの件以来、蔦屋重三郎という人間が、以前と変ったという印象を、歌麿は受けている。重三郎の無口は昔からのものだが、以前は無口でいながら、そういう重三郎からこまやかに通ってくるものがあった。いまの蔦屋は重く口を閉じているだけでなく、心まで鎖《とざ》しているように見える。

重過料と身代半減という刑は、蔦屋の資産を傾けた。蔦屋は再起できないだろうという噂が流れたほどである。だがそれだけが原因ではあるまいと、歌麿は感じる。娼妓絹籭《ぶるい》など京伝作の洒落本三冊で咎められる前にも、蔦屋は唐来三和の天下一面鏡梅鉢、春町の鸚鵡返《おうむがえし》文武二道で発禁処分を受けている。鏡梅鉢などは、当時まだ吉原揚屋町にあった蔦屋の店先が、問屋仲間、小売りの人間でごった返し、摺ったばかりで、まだ本にもしていないものを途中で車を止めて買い取る者もいたというほど売れた。ただ金のことばかりをいえば、この時の発禁による損害も少なくはなかった筈である。

だがその時は蔦屋はけろりとしていた。かえって出版という仕事に、いよいよ意欲を燃やすふうだったのである。

今度は違った。蔦屋は銭金のことだけでない、もっと深いところで打撃を受けているようにみえる。役者絵に手を出そうとする蔦屋に、歌麿は商才よりも焦燥を感じる。何かをつかみあぐねているような混乱を感じる。役者絵は芝神明前の泉市が、すでに豊国を起用して大大的に乗り出そうとしている分野である。人の後を追って、それで満足するような蔦屋ではない筈だった。

今度のお咎めで、蔦屋は前の発禁のときには気づかなかった何かを見たのだ、と思うしかない。この前会ったとき、番頭の馬琴は、咎めは受けた人間でないと恐さがわからないという意味のことを言った。蔦屋はその恐さをみたのかも知れなかった。虎の尾のような、でなければ蛇のしっぽのような、凶悪で気味悪いものに手を触れたのかも知れなかった。

――そういえば蔦屋の番頭はどうしたのだろう。

と歌麿は思った。馬琴は戯作者になりたいと言ってみたり、そうかと思うと、番頭をやめてどこかに婿入りするとも言っていた。

石蔵や鶴喜の六兵衛のように、年季の入った番頭をみると、馬琴は商売にも打ちこめず、そうかといって戯作者にもなり切れず、根なし草のように夢を追っているだけの若者に過ぎないという気がしてくる。だがそういう馬琴が気になるのは、絵師で一戸を構える自信もないままに、熱に浮かされたように、来る日も来る日も、売れるあてのない絵を描いていた、昔の自分を思い出させるためかも知れなかった。

「蔦屋の番頭さんが、どっかに婿に行くそうだ」

「知っています」

と石蔵は言った。

「え、あんた知っているのか。相手はどんな娘かね」

「……………」

石蔵は歌麿をみた。困惑したような表情が石蔵の顔に浮かんでいる。

「娘じゃありませんよ、先生。相手は後家さんです」

「後家かね」

歌麿は眼を瞠《みは》った。傷ましいことを聞いたような気がした。馬琴のむっつりした道具立ての大きい顔が眼に浮かんできた。

「ふうむ」

もう一度歌麿は唸《うな》ったが、すぐに後家だから悪いというものでもない、と思い返した。相手は案外な美人で、馬琴がその後家に惚《ほ》れたということもあり得る。歌麿は眼を挙げた。明るくなった空に誘い出されたように、通りは人通りが多くな通りは人通りが多くなっってている。道は露月町を過ぎて、柴井町にかかるところだった。

――おや。

向こうから来る二人連れの男女に、歌麿は眼をとめた。

女は、いま絵に描いているおくらだった。おくらは豊満な躰《からだ》つきをしている。着ているものの上からも胸のふくらみ、腰の張りがわかる。それでいて小股が切れ上がっているので、並んで歩いている男に見劣りしない背丈をしている。

おくらは男の方に上体を傾けるようにして、何か熱心に喋りながら歩いてくる。男は職人風のなりで、おとなしそうな細い眼をしている。この間まで、所帯を持つとおくらが騒いでいた友助という男とは違っていた。

――どういうことだい。

こちらには気づかないで通りすぎたおくらを見送りながら、歌麿が首をひねったとき、石蔵が言った。

「歩かせて済みませんでした、先生。もうじきですから。しかし先生をお連れしたら、うちの旦那大喜びしますよ。なにしろこの間からうるさかったんですから」

二

歌麿が家に入ると、奥で女たちの笑い声がした。おくらがきているようだった。あけっぴろげな笑い声はおくらで、ころころと上品な声は、女弟子の千代の方である。例によっておくらが面白いことを言って、どちらかというと性格の堅苦しい千代を笑わせているらしい。

おくらの方が四つも年下だが、声だけではどちらが年上かわからない。

「お帰りなさい、先生。おじゃましています」

襖をあけると、千代より先におくらがそう言った。おくらは歌麿に金をもらって、三日に一度ぐらいの割合で描かれに通ってきている。家はそう遠くない下白壁町にあった。今日は約束の日ではない。おじゃましています、と言ったのはそういう意味だった。

千代がすばやく立ってきて、後ろに回ると羽織を脱がせた。

「今日はひまかい」

「ええ」

と言ったが、おくらは立っている二人をじろじろ見た。

「そうしているところをみると、お千代さんまるで先生のかみさんみたいだ」

おくらが無遠慮に言った。後ろにいたお千代の手の動きが、一瞬止まったように歌麿は感じた。

歌麿は、三年前に妻を病気で失ってから、やもめ暮らしをしている。親も子供もいない一人暮らしで、住みこみでいる弟子の花麿と竹麿が雑用を足していた。留守中の客の応対とか、家の中の細かいことは千代がやるからそれで間に合う。千代は神田相生町から通ってきている女弟子である。途中嫁に行って、二年ほど歌麿のそばを離れただけで、十四の年からかれこれ十年近く歌麿の身辺にいる。家の中の用事をしながら、千代は千代で自分が頼まれた絵を描いていた。

「ああ、かみさんみたいなもんだ」

と歌麿は言って、おくらのそばに腰をおろした。

「もっともこのひと、夜になると家に帰ってしまうから、なかなかかみさんに出来ないけどな」

「いやですよ、先生」

千代が言って、逃げるように台所に去った。

「あたい、いつも不思議だと思うんだ。毎日顔つき合わせているのに、どうして一緒にならないのかしらって」

「さあ、どうしてかね」

「先生は一人暮らしのやもめ。お千代さんは、こう言っちゃなんだけど、出戻りさんでしょ？　ほらなんとか言うじゃない？」

「割れ鍋に綴じ蓋、さ」

「そう、それよ。そりゃ先生は少し年喰っているけど、結構男前でしょ」

「そうかね。ありがとう」

「そうよ。先生から言い出せば、お千代さんはいやだと言わないと思うな」

「それはどうかわからんよ。女はわからんからな。ちゃんといいひとが決まっているかも知れないぞ」

「そんなことないって、先生。お千代さんをみればすぐにわかるもの。先生言いにくかったら、あたいが言ってあげてもいいよ」

「おいおい、それは困る」

歌麿はあわてて言った。おくらをからかっている間に、話が急に生ぐさくなってきたようだった。

歌麿は一度、千代を後妻にしようかと考えた時期がある。妻に死なれて一年近く経ち、亡妻との暮らしの実感がやや薄らぐと同時に、眼の前に続く空虚な日日を眺めている頃だった。だが決心がつかないで見送ってしまうと、あとはだらだらと、しまりのない歳月が続いた。いまも、このままじゃいけないな、と思いながら、千代が家の中をみているのを結構重宝にしている。

そういう歌麿の気持の中には、きわめて懶惰《らんだ》な気持がある。千代を女房にしてしまえば、家が出来、所帯というものが生まれる。そこから派生してくるものが煩わしかった。

おくらは不服そうにいった。

「どうしてさ」

「私のような年になると、いまさら女房子供なんぞ欲しくもないという気分があるんだな」

「いやだねえ、年は取りたくないな」

おくらは大げさに肩をすくめた。

「でもお千代さんの気持は違うと思うな。あのひとは先生を好いている」

「家へ来はじめてひと月にもならないのに、よくそんなふうに言えるね」

「そりゃ、あたいも女だもの」

歌麿はもてあました。千代の足音が聞こえたのをしおに話を変えた。

「ひとのことはいいとして、今日はどこの帰りだね」

「あたい？　家から来たよ」

おくらは澄まして言った。

おくらは下白壁町の裏店に住んでいる。嫁に行ったことがない、三十近い病身の姉と一緒だった。おくら自身も、もう二十になっていて、薬研堀《やげんぼり》の近所の貝原という小料理屋で働いている。貝原は、女中が三人しかいない小さな店で、おくらはそこで台所も手伝い、客の酒の相手もしていた。

歌麿とのつき合いは二年越しになる。歌麿はその前から貝原に飲みに行っていたが、おくらを初めてみたとき、おかみのおもとに、

「この子は、いまに男を泣かせるようになるよ」と言った。それまで浅草寺門前の水茶屋に奉公していたにしては、化粧も下手で、着つけも野暮ったい娘だったが、のびのびした肢体と、明るく陰のない顔立ちが眼を惹いたのである。

歌麿の見当は的中して、おくらは二年前、貝原に初めて現われた頃にくらべると、ひと皮剝《む》いたようなきれいな女になっている。喉から唇に流れる線は、くびれひとつ

見えず滑らかだった。そのおとなしい首の下から、急に豊満な傾斜が胸になだれ、男心をそそる。肩も腰も、坐った膝頭も丸味を帯びていた。それでいて肥るたちではないらしく、胴は細く締まり、繊細にそりかえる指を持っていて、大柄だが圧迫感はない。

そして実際おくらは男を泣かせた。妻子がありながら、おくらにのぼせて貝原に通ってくる中年男たちのことではない。真面目なつき合いの男たちを泣かせるのである。

おくらは早く身を固めたがっていた。病身で嫁にも行けなかった姉をみているせいもあるようだった。そしておくらと所帯を持ちたいという男は沢山いた。そういうつき合いが出来ると、おくらはいい人が見つかった、と大騒ぎしてあたりに触れ回るからすぐわかる。歌麿も、たびたびおくらからいい人の話を聞かされている。

だが不思議なほど長続きはしなかった。熱に浮かされたように、おくらは誰かれとなくいい人のことを吹聴するが、やがてひっそりしたと思ったときには、男と切れているということの繰り返しだった。そういう男たちが、歌麿が知っているだけでも四人はいる。

男と別れても、おくらはけろりとしている。そしてじきに新しい男を見つけるのだ。それがあまりに頻繁なので、初めのころ歌麿は、おくらの豊満な躰が、何かの欠陥を隠していて、男たちに嫌われるのではないかと考えたほどだった。

だが事実はおくらが男たちを捨てるのだった。おくら自身もそう言い、貝原のおかみも顔をしかめてこう言ったのである。

「どういう気持なのかねえ。勇吉さんというこの前の畳屋さんなんか、一滴の酒も飲めないのに三日も四日も店に通ってきて、また会ってくれって口説いているのに、あの子ったら、まるっきり冷たい口しかきかないんだから」

おくらは陰のない陽気な娘である。男たちとつき合って金を絞りあげ、金が無くなったとき捨てるなどと悪質なことをしているとは思われなかった。そういうつもりなら、金で言うことをきかせようとする男たちが別にいる。

だからおくらはひどく浮気な女だと皆に思われていた。本人も「あたいはすぐ男に倦きちまうんだ」と、まわりの見方を認めていた。

いま歌麿は、おくらを描きながら、美しくて浮気な女を画紙に書きとめようとしていた。だが、ここ十日ほど筆が止まっている。歌麿は絵の女の表情の底に、淫蕩《いんとう》な美しさを沈めるつもりだった。灯を慕う虫のように、男たちが身を焦がさずにはいられないような、妖《あや》しい美しさを、おくらの顔から引き出せるだろうと考えていた。

だが、あてがはずれた。つき合ってみると、おくらは生真面目なところがある、平凡な町娘に過ぎなかった。だらしがない男づき合いはどこから出てくるのかと思うほどだった。

歌麿は、芝の路上ですれ違ったおくらを思い出しながら言った。

「おや、すると昼過ぎに、露月町で見かけたのは誰だったかな」

「いやだ、先生」

おくらは、ぱっと赤くなって上体をくねらせた。

「見たんですか」

「見たって、誰をだ」

「あのひとを、さ」

おくらは上眼づかいに歌麿をみた。歌麿はとぼけて、おくらの別れた男の名を言った。

「あのひとってえのは、友助さんのことか」

「いじわる」

とおくらは言った。歌麿は笑った。

「なんのお話ですか」

新しく茶を淹《い》れて、歌麿にもすすめながら、千代が口をはさんだ。

「おくらのいいひとが変ったらしいよ。とっかえひっかえいそがしいことだ」

「おや、またですか」

千代はおっとりと言った。おくらの浮気ぶりは千代も知っている。

「いやだな、先生」

おくらは歌麿と千代を見くらべながら言った。まだ赤い顔をしている。

「今度は本気なんですから」

「この前も本気だったたな」

「友助さんのことですか。あのひとはだめ」

おくらはぴしゃりと言った。

「この前、あのひとのおっかさんに会わしてもらったの。そうしたら、おっかさんの前で人が変ったみたいに、威張った口をきくわけ。あたいによ。つまりおっかさんに気兼ねしているわけよ。一ぺんに男の正体が見えちゃった」

「なるほど」

「なにさ、て、後であたいが怒ったら、ぺこぺこ謝っていたけど、そのときはあたいの方で愛想をつかしていたわけ。あたいは惚れっぽいから、男のそういうところが初めのうちは見えないのよね」

「今度のひとは大丈夫かね」

「大丈夫よ、今度は。おとなしいひとだけど、指物《さしもの》の職人さんで、いい腕を持っているんだって。姉ちゃんのことも面倒みてくれるっていうし、それにあたいの夢をみるんだって、ふ、ふ」

「夢をみるかね。おくらが裸になった夢でもみるかね」

千代が小さく咳払いをした。

「まさか。いやねえ、先生。でも夢にみるくらいだから、本気であたいを好いてくれてるのよね。やっといいひとにめぐりあえた」

「そう願いたいものだ」

歌麿はあくびをしながら言った。

「そうでないと、いまに血の雨が降る」

「一ぺん幸七さんをここに連れてきていい？　とってもいいひとだってことが、ひと眼見ればわかるよ、先生」

人が来た気配がして、茶の間にいた千代が出て行ったようだった。

三

歌麿は筆を捨て、坐ったまま背伸びをした。若狭屋に頼まれた連作の六枚を、どういう構図にまとめたらいいものか、いろいろと思案したがいい工夫が浮かんで来なかった。それでおくらの絵を引っ張り出して、仕上げの筆を入れはじめたが、それも気が乗らず、筆を握ったまま、茫然と画面を見ていたところだった。客なら、いいときに来てくれた、と思った。

こういう気分が乗らない日に仕事をしても、後で見直すと必ず気にいらなくて、また描き直すような羽目になる。客とお喋りでもしている方が無難のようだった。

細めに開けた障子の間から、雨が降っているのが見え、静かな雨音が聞こえている。その雨の音も聞き倦きたと思う。いつもならそろそろ梅雨が明ける頃になっているのに、今年の梅雨は長く、天地はいつまでも昏《くら》い。今日も、時刻はまだ七ツ半（午後五時）前に違いないのに、部屋の中は少し暗くなっている。仕事に気分が乗らないのは、悪い天気のせいもあるようだった。

——それにしても、こんな雨の日に、一体誰が訪ねて来たんだろう。

と思った。

襖を開けて千代が入ってきた。千代は笑顔になっている。

「おくらさんがいらっしゃいましたよ」

「へえ？」

「それが、例のひととご一緒なんですよ」

「へえ？」

歌麿はもう一度言った。

「それでどんなふうだい。仲よさそうかね」

「そりゃもう」

千代はくすくす笑った。

「相合傘で来ましたから」

こっちへ通してくれ、と歌麿は言った。

おくらが前に言ったとおり、幸七はまったくおとなしい男だった。千代が茶をすすめると、畳に額をすりつけた。歌麿が聞くのに答えて、ぽつりぽつり仕事の話をした。低い声だが、話の中身はしっかりしている。

「おとなしいひとでしょ?」

おくらが笑いながら口をはさんだ。

「店の方でも無口で通っているらしいのよ。貝原に友だちと一緒に来たときも、このひとだけ隅っこで黙っているんですよ。お猪口《ちょこ》二杯ぐらいで、まあすっかり酔っぱらっちゃってさ」

おくらは男を流し目に見て言った。情のこもった眼遣いで、おくらが男に惚れているのがわかった。

幸七は俯《うつむ》いて苦笑している。眼が細く、口が大きく好男子とはいえないが、浅黒い顔で髭をさっぱり剃ったところは、職人らしい風貌で好感が持てる。

「酒はだめですか」

歌麿は幸七の細い身体をみながら言った。

「ええ、もう」

幸七は口籠って、救いをもとめるようにおくらをみた。

「少し変ってるのよね、このひと」

おくらが引き取って言った。

「職人さんていうのは、大体が飲むものなんでしょ? 仕事が終わったら、縄のれんの下がっているところで、よく一杯やるらしいのよ。ところがこのひとのおっかさんが、酒のみが大嫌いだったたっていうわけ。何でも、亡くなったおとっつぁんが、酒でしくじって、昔は表にあった家を売ってしまったひとなんですって。つまりおっかさんにとっては、酒は敵《かたき》だったたわけよ」

「それで幸七さんにも、酒を禁じたか」

「そうなのよ。でも男には男のつき合いというものがあるでしょ。おっかさんなんかメじゃないというひともいるじゃない？　それがこのひとったら、おっかさんが去年の暮れに亡くなるまで一滴も飲まなかったたっていうから、変ってるっていえば変ってるのよね」

「でも、いまどき珍しい親孝行なひとじゃないか」

「そうなの。親孝行なのよ。あたい、その話を聞いたとき、偉いと思ったのよ。誰にも出来ることじゃないわよ。ね、先生」

「なるほど、偉いな」

　と言ったが、歌麿は少しげんなりした。おくらの視野にいま幸七が一ぱいに拡大されて立ち塞がり、後光を放っているのがわかる。だがいつもそうなのだ。一時は友助の粋なもの言いに眼がくらんでいたし、その前は畳屋の勇吉の、熊のように毛深いところにしびれていた。いまの調子が長続きすればいいが、と歌麿は思った。

「だから、あたいの店にきて、お猪口二杯で黙りこんでしまったというのは、そのとき初めて飲んでみたわけよ。かわいかったのよ、それが」

「そりゃかわいかったろうな」

歌麿は鼻白んで千代をみた。千代も笑いをこらえた顔をしている。幸七は二十六、七だろう。風体はさっぱりしているものの、男ぶりは菓子屋の手代だった友助より格段に落ちるし、物言いはのっそりして、江戸の水で産湯《うぶゆ》を使った人間とは思えない野暮ったさである。見たところ別にかわいくもない。

「でも、あたいが商売柄いける口でしょ」

おくらは片掌で口から鼻のあたりを覆って、笑い声を立てた。

「だからこのひとにも少しお酒の修業をさせてさ。一緒になったら、たまには二人で飲むのも悪くないなと思ってるの」

「そいつは結構だね」

と歌麿は言った。

「先生、あの……」

幸七が重い口を開いた。

「おくらが、絵を描いてもらっているそうですが、見せてもらえますか」

「ああ、いいですよ。まだ下絵しかないが」

「その話をしたら、このひと見たいってきかないのよ。今日はそれで連れてきたわけ」

歌麿は、五、六枚あるおくらの下絵を出してみせた。墨だけで、胸から上のおくらのさまざまな姿態が描いてある。顔は俯いたり、横を向いたり、反りかえる指で頬を支えたりしている。

「なるほど。おめえに違いねえや」

「あたりまえでしょ。あたしを描いてもらったんだから。どう？　美人だってことわかった？」

おくらが幸七の肩をつついて言っている。腕組みをして、二人の並んだ頭を見おろしながら、歌麿は、今度は大丈夫らしいな、と思った。

二人が、雨の中を相合傘で帰って行くのを見送ったあと、歌麿と千代は、もとの部屋に戻って茶を淹れ直し、煎餅《せんべい》菓子の残りを齧《かじ》った。

「ああして家にまで連れてきたところをみると、おくらも今度は本気らしいな」

「ええ、大丈夫だと思いますよ」

「ちょうどいい。絵も出来上がるし。だが、おくらの絵はしくじった」

「どうしてですか」

「おくらを描いたら、いままで描いたことがないような淫らな女が出来上がるかと思ったんだが、大したことはなかった」

「ほんとにそう思ったんなら、先生の間違いですよ」

「そうかね。でもあんな浮気な女はいないよ」

「若くて、躰に自信があって、元気があるだけですよ。あの子が男と女のことなど、まだろくに知らないことなど、わたしにはひと目でわかりましたよ」

へえ、と歌麿は思った。千代がこんな口をきいたのは初めてである。黄表紙の挿絵を描いたこともある女絵描きのくせに、千代にはどこか堅苦しいところがあって、薄い膜のようなもので生の感情を包み隠している感じがある。結局その感じは、千代が堅気の女であるためだろうと歌麿は思っている。千代の絵が伸びないのも、そのあたりに原因がある。

だが、千代はいま、少し生臭いことを口に出したようだった。

「若いひとはうらやましい」

と千代が言った。

歌麿は千代の顔をみたが、表情がはっきり読みとれないほど、部屋の中が薄暗くなっているのに初めて気づいた。その薄闇の中から、千代の眼が大胆に自分を見守っているのを感じて歌麿は眼をそらした。そらした眼に、千代の細い頸、丸い撫で肩が映った。ふだんそばにいて雑用を足している千代ではなく、ひとりの生身の女がそこに坐っている感じがした。気圧《けお》されたように、歌麿は口を噤《つぐ》んだ。

気詰まりな時間が少し過ぎたとき、玄関の開く音がした。

「遅くなりました」

浅草茅町の近江屋まで使いにやった、花麿と竹麿が帰ってきたようだった。その声を聞くと、驚くほどすばやい動作で千代が立ち上がり、部屋を出て行った。

四

「ここだ。狭い家だが落ちつける」

歌麿は後ろにいる蔦屋の番頭馬琴を振り返っていうと、先に立って貝原の門を潜った。

おかみのおもとが迎えて、二人を二階の小座敷に案内した。

「先生、お久しぶりですこと。しばらくお見えにならないから、もうお見限りかと、心配しておりましたのよ」

とおもとは言った。おもとは三十半ばなのにすっかり肥って、背丈がないからたて横がわからないぐらいだが、落ちついた喋り方をして貫禄がある。

「そんなことはあるもんか。あんまり雨ばかり降るんで、外に出るのも厭になって閉じ籠っていただけだよ」

「お仕事もお忙しいのでございましょ」

「なに、そっちは大したこともないのだが」

歌麿はおもとが淹れて差し出した茶をひと口啜《すす》った。

「おくらは来ているかい」

「まだですけど、もうじきに来ますよ」

「今度はどうだい。幸七さんとかいったね。聞かされてるんだろ、あのひとのこと」

「それがね」

おもとは、それが癖で両掌でぱっと顔を隠し、躰をすくめるようにして笑った。そうすると、小さくて肥っているおもとは起き上がり小法師のようになる。

「また風向きがおかしいんですよ。先生」

「え、またかい」

歌麿は呆れた顔になり、おもとと顔を見合わせて笑った。

「何の話ですか」

馬琴が怪訝《けげん》な顔で訊いた。

「うん、今にわかる」

と歌麿は言った。

すぐに用意させますから、と言っておもとが下に降りて行くと、歌麿は途みちしてきた話を続けた。

「それで蔦屋さんは、まだ役者絵を諦めてはいないわけですな」

「諦めてなんかいませんよ。わたしにはわからんことですが、先生のことは一応諦めて、誰か別のひとをあたっているようですな」

「そいつは助かった」

歌麿は言った。正直そう思っていた。

「しかし番頭のあんたも知らないというのは、少しおかしいじゃないですか」

「それが……」

馬琴は複雑な表情をした。

「誰にも知らせず、旦那一人でそのひとと会っているようなんです」

「ほほう」

歌麿は腕を組んだ。歌麿には興味の持てない役者絵の板行《はんこう》に、蔦屋は予想以上に深くのめりこんでいるようだった。そこに蔦屋の混乱を感じる自分の見方は間違っていて、蔦屋は役者絵で何か途方もない仕事をやるつもりかも知れないという気がちらとした。しかし蔦屋は俺を諦めて誰と会っているのだ？　と思った。

「会っていると、相手はもう決まったわけですな。誰ですか、それは」

「それがわからんのですよ」

馬琴は自嘲するような笑いを浮かべた。

「なにしろあたしは、七月一杯で店をやめさせて頂きますと言ってしまったものですから」

「ふうむ」

歌麿はこれまで蔦屋から役者絵を出している勝川春英、春朗といった絵師の顔を思い出しながら考えたが、蔦屋が会っている相手というのは、そのどちらでもない気がした。だがいずれにしろ、その人間は泉市が売り出そうとする豊国に力負けしない力量を持ち、しかもこれまでの役者絵になかったような、新機軸を出せるような人間でなければなるまい。だがそんな人間がこの江戸にいるだろうか。

「面白い」

と歌麿は呟いたが、ふと馬琴が洩らした言葉に気づいて言った。

「え？　あんた七月にやめるの」

「はあ」

馬琴は重苦しい表情をしている。

「それで婿になんなさる？」

「ええ、そう決めました。飯田町中坂の履物屋です。これからは履物屋の親爺ですな」

その後家は、よっぽど美人なのかと聞きたかったが歌麿は我慢した。そんなことを聞いたら、馬琴はその大きな躰を、消えも入りたげによじって羞《は》ずかしがるだろう。

「それで？　物書きの方は続けるわけ？」

「そりゃ、無論です」

ぴかりと馬琴の眼が光った感じがした。

「そのために店をやめて婿になるようなものですよ。わたしは蔦屋ではきわめて無能な番頭なわけですが、それでもお給金を頂いています。これでは精一杯働かないわけにはいきません」

「それはそうだな」

「しかしそうなると戯作の道に、だんだん遠ざかるような気がするわけですよ。これはわたしには辛抱出来ないことです」

「だが店をやめては喰えないから、とりあえず婿になるということですかな」

歌麿は茶化したつもりだったが、馬琴は笑いもしないでうなずいた。

「そのとおりです。これからはせっせと物を書きますよ」

なるほど理屈は合っていると歌麿は思った。だがどことなく心もとない生き方のようにも思われた。馬琴もまた、若い頃の自分のように、心の中に追い出すことの出来ない魔のようなものを飼って生きるしかない男なのだと思う。だが、戯作で一戸を構えることが、そんなに楽である筈はない。

「しかしだね、あんた」

と歌麿が言ったとき、酒肴《しゆこう》を捧げておくらが部屋に入ってきた。

「番頭さん、これがさっきあんたに渡した絵の娘ですよ。名前はおくら」

「番頭さん、よろしくね」

と言っておくらはしなを作ったが、すぐに二人に盃を持たせて酒を注いだ。

「おかみさんと、何の話をしたんですか」

「おくらの浮気は困ったもんだ、という話さ」

あら、と口をとがらしたが、おくらはすぐに間が悪そうな表情になった。

「聞いたんですか、幸七さんのこと」

「聞いたとも。あれからひと月も経たないのに、もう倦きたとは驚いたね」

「倦きたなんて、人聞きの悪いことを言わないで、先生」

とおくらは言って、歌麿に酒を注いだ。

「まだすっかり切れたわけじゃないんですから。まだ迷ってるんですから」

「なんで迷うんだね」

「男にしては意気地がなさすぎるんですよ、あのひと。夫婦約束までして、手ひとつ握ろうとしない男のひとっているかしら」

「はは あ、そういうことか。しかし知り合ったその日に、股ぐらに手をつっこもうとする男よりはいいじゃないか」

「いやねえ、先生は」

と言っておくらは袂で歌麿を打った。

「しかし乱暴でいや、きざなのがいや、今度はおとなし過ぎてかったるいなどと言ってたら、いまに売れ残るぞ。どっから眺めても好《す》いたらしい男なぞいるわけがない」

「それはわかってます。だから幸七さんのことも迷ってるわけ。でもこのひと、どっか違うなって気もするわけよ。いつも、どっかにもっとぴったり気持が合うひとがいるように思うんだな、あたい」

「ついでに下の方もぴったりという男かね」

歌麿は下品なことを言い、おくらは、いや、真面目に聞いて下さらないんだから、とまた歌麿を打ったが、馬琴はむっつりした顔で盃を口に運んでいる。

「このひとは、何ですな」

不意に馬琴が言った。

「気持が純だから、いい加減に手を打つということが出来んのでしょうな」

「ほら、聞いたか。あんたの男のつまみ喰いをほめている」

「いや、世の中にすれてくると、物ごと大概のところで諦めるもんでしょ。男の正体もわかってくるし、自分もわかってくる。手頃なところでくっつこうといったもんですよ。そうしないで、自分の気持をごまかさないところは、結構じゃないですか」

「ほら、大変結構だと言っている」

歌麿はおくらをつついた。

「このひとはな。ただの本屋の番頭ではなくて、読みものの本も書く、なかなかの学者だ」

「あら、ほんと？」

おくらは眼を瞠《みは》ると、銚子を持って馬琴ににじり寄った。

「番頭さんは、まだおひとりなんですか」

「幸七からこの男に乗りかえようてのは、やめた方がいいぞ、おくら」

と歌麿は言った。

「この番頭は貧乏で有名だ。それにもう売れちまってる」

五

烈《はげ》しく戸を叩く音がした。

歌麿は飯茶碗の上から、ぎょっとした顔を上げた。ほかの三人も、箸の手を止めて歌麿の顔をみている。ふだんは千代は夕食の前に家に帰るのだが、今夜は珍しく魚を焼いたり酢の物を作ったり料理の腕をふるって、自分もお相伴していた。

「誰だい、いまごろ」

歌麿が呟いたとき、女の声がした。開けてください、先生と言っている。

「おくらだよ」

歌麿が言うと、千代がすばやく立った。その間にもおくらは、破れんばかりに戸を叩き続けている。

歌麿が出て行くと、飛びこんできたおくらが、千代にしがみついたところだった。頭から雨に濡れて、足袋はだしだった。

「どうしたんだね、いったい」

歌麿が呆れて声をかけると、千代に助けられて上にあがってきたおくらが、叫ぶように言った。

「戸を閉めて下さい。追っかけられてるんです」

「追っかけられてる？　誰にだ」

おくらは歌麿をみて首を振った。ぽろぽろ涙をこぼし、顔は血の色を失っている。

花麿が土間に下りて戸を閉めた。

「さ、もう大丈夫だ。何があったのか言いなさい」

歌麿が言ったとき、乱暴に戸を開いて、男が一人入ってきた。足袋を脱いでいたおくらがきゃっと叫んで千代の後ろに隠れ、歌麿たちは息を呑んだ。

男は幸七だった。幸七は髪から滴を垂らし、右手に光る物を握っている。土間に突っ立ったまま、幸七は瞬きもしないで、おくらを睨《にら》んでいる。

「やっぱり此処だったな」

幸七は低いが、刺すような声音で言った。

「ひとの気持をおもちゃにしやがって、このあま。俺は女に馬鹿にされるような男じゃないぞ」

「馬鹿になんかしません」

おくらが怯えた声で叫んだ。

「だから、乱暴なことはしないで」

「うるせえや。俺は、俺はお前を殺して、ここで死ぬんだ」

幸七は血走った眼を歌麿に向けて、一歩近づいてきた。

「先生、じゃましないで下さい」

「おい、そいつは困る。こんなところで死ぬの生きるのと、無茶な。ともかくだ。それ、その危ないものをしまいな」

歌麿は言ったが、口の中がからからに渇いて、自分が何を喋っているかわからないほど動顛《どうてん》していた。

「だから、言わないこっちゃない。こんな騒ぎになるのは、前からわかっていたんだ」

「幸七さん、気を落ちつけて頂戴」

千代の声がした。その声が落ちついているのを感じて、歌麿はほっとした。千代は前に出てきて、幸七の前に立ちふさがるようにした。

「とにかくお話を聞きましょ。その危ないものを、こっちに渡しなさい」

「………」

「おくらさんは、そんな悪いひとじゃありませんよ。ただ、若いからちょっと考えが浅いだけ。じっくりお話しすればわかることですよ」

なるほど、うまいことを言うと歌麿は思った。

「足を洗って、上にあがって、先生に立ち会ってもらってお話しすればいいでしょ。そんな恐いものを持って、女を威《おど》して、それが男のすることですか」

幸七はいつの間にかうなだれている。その後ろに、跣《はだし》になって土間に下りた竹麿が、そっと回りこむのが見えた。あ、危ないことをすると歌麿は思ったが、声が出なかった。

「それを、こっちに渡しなさい」

そう言って千代が手をのばしたとき、竹麿が後ろから組みついて、幸七を羽交《はが》い締めにした。罠《わな》にかかった獣のように、幸七は身体を反り返らせて暴れたが、竹麿は十八という年に似合わない大柄な躰をし、力が強い。その間に歌麿と花麿も飛びついて、刃物を取りあげた。刃物は一丁の鑿《のみ》だった。

「どうします、先生」

諦めてしまっておとなしくなった幸七を、まだしっかりと組み止めながら、竹麿が興奮した口調で言った。

「黒船町の旦那でも呼んできますか」

「そうだねえ」

歌麿は土間に突っ立ったまま、行燈の光に鑿をかざして見ながら、煮え切らない返事をした。鑿はふだん使っている道具らしく、握りが手脂で黒く汚れている。そんなものを振りかざして乗りこんできた男が、何となく哀れな気もした。黒船町の旦那というのは、時どき歌麿を訪ねてきて、絵の話などをして行く岡っ引の辰次のことだが、黒船町までは、この暗い中を誰が行くにしても遠すぎる。

「どうしようか」

歌麿は幸七を見た。幸七は大柄な竹麿に、後ろから吊るされたような恰好になったまま、ぼんやりとおくらの方を見ている。眼の光は消えて、今にも泣き出しそうな顔だった。

「しかし、黙って放すわけにもいかんだろうな」

歌麿が不得要領に呟いたとき、おくらが、先生、と言った。おくらはぼんやりした顔になっている。

「なんだ？」

「そのひとを放してやってくれません？」

「しかし放して、また暴れられても困るしな」

「もう、そんな乱暴しないと思います。かっとなったんです、そのひと。あたいの言い方も悪かったから」

「そうかね」

「それにお役人につかまったら、罪になるんでしょう？　それじゃ可哀そうだもの」

勝手にしろ、と歌麿は思った。千代の顔をみると、千代もうなずいた。

「竹麿、放してやりな」

「大丈夫ですか」

「もう刃物を持っていないから、恐いことはないよ」

竹麿が手を離すと、幸七はうなだれた。それから不意に顔をあげておくらをじっと見、その眼を歌麿に移すと、深ぶかと頭を下げて背を向けた。幸七を呑みこんだ闇の中には、まだぴしゃぴしゃと雨の音がした。

「驚いたね」

千代が運んできた盥《たらい》に、足を突っこんで洗いながら、歌麿は言った。実際まだ胸のあたりがどきどきしていた。

「だから言ったろ？　いまに血の雨が降るって。それにしても千代の度胸のいいのと、竹麿の馬鹿力には感心したな」

みんなが笑った。まだ興奮が残っていた。

「わたしなんか、舌がもつれて、何を喋ったかおぼえてないよ」

「あのひと……」

おくらのぼんやりした声が聞こえた。

「ほんとにあたいを殺すつもりだったのかしら」

「そりゃそうさ。何しろ凄い勢いだったからな。どうだ、男の恐さがわかったか」

歌麿は言って振り返った。何となく気持が浮き浮きしていた。千代と二人の弟子も小声で喋ったり、くすくす笑ったりしている。

だがおくらだけは笑っていなかった。ぼんやりした顔で、男が去った戸口のあたりを見つめている。

「どうですかな、先生」

鶴喜の番頭六兵衛は、運ばれてきた茶をひと口啜ると、気ぜわしく言った。

「うーむ、あまり美人じゃなかったね」

と歌麿は言った。二人は浅草寺仁王門前の二十軒茶屋に、きれいな女中がいると聞いて見に行って来たのである。

「しかしあれは男好きのする顔です。先生の方がよかったらあたしの方で手配しますが、どうですか」

六兵衛は例によって少し強引な口ぶりで言った。五十過ぎの六兵衛は、髪に白いものが混っているが、艶《つや》のいい赫《あか》ら顔をしている。仕事の鬼で、約束の期限に絵が仕上がらないなどとなると、手厳しい催促をするから、歌麿もうかつには引き受けられない。だが六兵衛は描く気にさせるのも、じつにうまいのだ。

「そうですな」

歌麿は水茶屋の腰掛けの上から、雷門の下を出入りする人びとを眺めていた。

——おや。

歌麿は眼を瞠った。それから、ちょっと失礼と六兵衛に断って軒先まで出た。門を出て、広小路を田原町の方に曲がった男女がいる。女はおくらだった。男はおくらの陰になっていて顔がわからなかった。

——あいつ、また取っ換えた。

と思った。あの騒ぎがあってから、まだ十日と経っていない。それなのに性懲りもなくまた新しい男と歩いている。

だが、おくらが男の方に、柔らかく上体を傾けて何か話しかけ、男がそれに答えて横を向いたとき、歌麿の顔に笑いが浮かんだ。歌麿は笑いが腹の方からこみ上げてくるのを感じながら、空を仰いだ。やっと梅雨が上がったらしく、青い空が頭上にひろがっている。

男は、鑿を振り回してきて迷惑をかけた幸七だった。おくらも、どうやらこのあたりで、手を打つことにしたらしかった。

蜩《ひぐらし》の朝《あした》

一

その男は、いきなり乱暴な声をかけてきた。

「おい、ちょっと」

歌麿は立ちどまった。その男が門のそばに立って、こちらを窺《うかが》っているのは、料理茶屋山本の玄関を出たときから見えていた。だが自分に話しかけてくるとは思いもしなかったので、不意を衝かれた気がした。

「なんでしょうか」

歌麿は穏やかに応じた。男は悪い身なりではない。二十七、八にみえ、眼つきが鋭いところをのぞけば、商家の手代といっても通りそうな男だった。だが歌麿には、ひと眼で男が堅気の人間でないことが解った。

こけた頰に艶というものがなく、血走った眼をしていた。顔が整っているだけに、男の顔には荒《すさ》んだ感じがつきまとっている。こういう男が平然とむごいことをやるのだ。逆らわない方がいい。

だが男は意外なことを言い出した。

「あんたが歌丸てえ絵描きかい？」

「さいですが？」

歌麿は眼を瞠った。男は自分を待っていたのである。世間では歌麿のことを、大ていは歌丸と呼んでいた。

「女ばっかり描いている助平な絵描きだな。ふーん、あんたがそうかい」

男は突き刺すような口調で言った。歌麿は黙って男の顔をみた。気味が悪かった。

「聞きてえことがあるんだ」

男は一歩近寄ってきた。

「おめえ、いまこの店の女中を描いているんだってな」

「誰が言いました？」

「近所の水茶屋で聞いて来たんだ。お糸という女中を描いているらしいってな。ほんとかい？」

「ええ、そうですが」

「野郎、とぼけやがって」

男は不意に唸《うな》るように罵《ののし》った。だが歌麿に言ったのではなかった。男の眼は山本の玄関のあたりを睨《にら》んでいる。

男のそのひと言が、歌麿に警戒心を呼び起こしていた。

「誰のことを言っているんですか？」

「ここの番頭さ。さっき聞いたらそんな女はいねえって言いやがった」

「………」

歌麿は沈黙した。取り返しがつかないことを喋ってしまったという狼狽《ろうばい》が胸を掻きみだしている。お糸が恐れていた、これがその男なのだ。もっと早く気づくべきだった。

「お糸ってえ女中だが……」

男は掌で顎を撫でながら、歌麿の顔をのぞきこむようにした。

「小柄で、顔の下膨れた女だな？　そうだろ？」

歌麿は首をかしげた。

「何だ？　違うてえのかい。眼が細いだろ？　眉毛も細くて、おめえがもう確かめたかも知れねえが、下の毛もちょぼちょぼの筈だ」

「何のことかわかりませんが、わたしが描いているひととは違うようですな」

歌麿は思い切って言った。男の表情が一ぺんに険しくなったようだった。眼に露骨に猜疑《さいぎ》のいろが浮かんでいる。

「歌丸の旦那よう」

男は、いままでと違った、かすれた声を出した。

「あんた、嘘言っちゃいけねえぜ。嘘ついたら、あとでえれえことになるぜ」

「なんでわたしが嘘をつくんですか、見ず知らずのあなたに」

歌麿は反撃した。

「わたしはただ、いま絵を描かせてもらっているお糸というひとは、あんたが言うひととは違うようだと言ったんです。お糸さんは、面長で体格のいいひとですよ。眼だってそんなに細くありませんな」

「………」

男は黙って歌麿を見つめている。だが、男の眼から次第に光が消えて、気落ちした表情になった。

「ほんとだな？」

男は念を押した。

「ほんとですよ。嘘ついても、何の得になるわけでもありません」

「それはそうだが、番頭といい、あんたといい、口裏を合わせて女を隠そうとしたんじゃねえかと、そんな気がしたのさ」

「とんでもありません」

歌麿はほっとして言った。そのときになって全身に、どっと汗が噴き出してきたのを感じた。

すぐにも山本に戻って、その男が来ているとお糸に警告したかったが、男がまだ立っているので出来なかった。歌麿は何気ないそぶりで男のそばを離れた。

本当の気味悪さが襲ってきたのは、男の姿が見えないところまで来てからだった。櫓下《やぐらした》を通り、一ノ鳥居近くまできて振り向いたが、馬場通りは人が雑踏しているだけだった。

晩夏の光は、油のように重たげに町を染めているが、地上を灼《や》く烈しさを失っている。鳥居の影が、はるかむこうまでのびて、一本の橋を渡したように町の上に倒れかかっていた。

お糸は、歌麿が絵に描いてやると言っても喜ばなかった。これは珍しいことだった。美人絵の歌麿の名は、江戸中に知れわたっていて、絵を描いてやるといえば、大ていの女が喜んだ。描く間、歌麿は雇主に話をつけて、ひまを貰ってやる。お糸のように女中勤めをしている女は、少しは楽が出来るし、店の者にもちやほやされる。悪い気分がする筈はなかった。

「変った子だね。描かれるのは嫌いかね」

と歌麿はそのとき言った。はかばかしい返事をしないお糸に、興味をそそられていた。そのときお糸は、山本にきてまだひと月も経っていないということだった。四、五日前歌麿は、鶴喜の主人喜右衛門と飲みにきて、酒の酌に出たお糸にひと眼で惚れ込んだのである。

寛政元年七月の禁令が出てから、仲町界隈も以前の活気を失っていた。隠し売女《ばいた》は吉原へ三年引き渡しという町触れが生きてきて、艶《なま》めかしい風俗は一掃されてしまったのである。

しかし賭博はもちろん、六歳以上の男女の混浴を禁じ、女髪結も禁止、小唄、浄瑠璃、三味線の女師匠は、男の弟子をとることはまかりならんという改革の厳しさに、江戸市民は閉口していた。改革の初め、文武両道左衛門源の世直しと持ち上げられた老中首座松平定信は、しまいに「白河の清きに魚もすみかねて、元のにごりの田沼こひしき」と落首されるようになり、先月二十三日突如老中を解任されている。

だが、女芸者まで一掃されて、確かにさびれはしたものの、岡場所の水がまったく涸《か》れ上がったわけではなかった。金を積めば、寝る女は幾らでもいると、ひそかに噂が流れていた。そう思ってみると、料理茶屋の女中にしては、なまめかし過ぎるような女が、何気なく酌取りに出たりしていた。無論、茶屋ではいまも用心を怠ってはいない。表面は慎んでいる恰好を崩してはいなかった。元年の町触れのあと、百五十人からの女郎屋勤めの男衆が、隠し目付に採用されて、岡場所を徘徊《はいかい》した当時の怯《おび》えは、まだ町に残っている。

ひと目みたとき、歌麿はお糸もそういう女だなという気がした。化粧気もなく、地味ななりをしていたが、お糸の小柄な肢体には、男の掌で加えられた丸味があった。ただそれがなまめかしい色気にはならないで、一種のものうい翳《かげ》のようなものを醸《かも》し出しているところが、歌麿を惹《ひ》きつけたのである。男に馴らされた哀しみのようなものを、お糸の身体はまとっていた。

「嫌いというわけじゃありません」

と、お糸は歌麿の微笑を押し返すように、固い表情で言った。お糸は十八だった。

まだ表情に世馴れない固さを残している。

「こわいんです、あたい」

「こわい？　なぜだね」

「先生に描いてもらうと、錦絵になって絵草紙屋から売り出されるんでしょ？　高島屋のお久さんみたいに、江戸中の評判になるんでしょ？」

「ははあ、それがいやなのか」

歌麿はうなずいた。有名になることを、みんながみんな喜ぶとは限らない。慎ましい性格の人間は、むしろそのことを嫌悪するのである。

だが歌麿の推測ははずれた。お糸はもっと直接にそのことをこわがっているのだった。

「あたい、悪い男から逃げてるんです。見つかりそうになると、勤めを変えて、そんなことして、もう二年近くになるんです」

「……………」

「あたいの絵が、町で売られたりしたら、あの男がきっと気づいて探しに来るにきまってます。それがこわいんです、あたい」

「その心配はいらないよ、お糸さん」

と歌麿は言った。絵は版元の村治に頼まれたものだが、お糸の名前を出すわけでもなく、山本の名を出すわけでもない。浴衣を着て、手に虫籠を下げている、晩夏の女を一人描けばよかった。

「名前は出さないよ。店の名もな。夏から秋にむかう季節の、きれいな女を一人、絵にすればいいんだから」

「でも先生の描いた絵が、私にそっくりで、あの男が先生のところに、あたしのことを聞きに押しかけたら、どうしますか」

「別人ですよ、ととぼけてやるから、心配ないさ」

実際その程度で済むと、歌麿は思っていた。描き始めると、お糸が身にまとっているもの憂げな雰囲気は、歌麿が考えていた晩夏の女にぴったりで、歌麿はそれを写すのに夢中で、お糸が言ったことを忘れた。

錦絵どころか、まだ下描きもまとまっていないうちに、男が嗅《か》ぎつけてやって来ようとは思いもしなかったのである。

――だが、お糸を渡すわけにはいかないよ。

弁慶橋の家の近くまで来た頃、歌麿は漸く度胸が決まった気がした。お糸のような女には、めったにめぐり逢えるものではない。お糸をかばう気持の中には、久しぶりに気に入った仕事に取り組んでいる、絵師としての気負いがあった。男の荒《すさ》んだ顔を思い出すと、厄介なものにかかわり合った気味悪さが甦《よみがえ》ってくるようだったが、それに負けてはいられない、と思った。

格子戸を開くと、蚊遣りの香が家の中に籠っていた。土間で、歌麿は声をかけたが、出てきたのは千代ではなくて、竹麿だった。竹麿はもう一人の花麿と一緒に住みこんでいる内弟子だが、のっそりと身体ばかり大きくて、画技は一向に上達しない。ただ体格がよく、骨惜しみしないので、使い走りや家の内外の掃除などは手際よく片づける。

「お千代は、もう帰ったのか」

「はい、風邪気味だとかいって、昼過ぎに家に帰りました」

「風邪だって？　この暑いのに風邪をひくかね」

歌麿は不満そうに言った。

今日の出来事を、千代に話してやろうと、意気込んで帰ってきたのである。べらんめえ、お糸は大切な絵の元手だ。指一本さ's させるもんか、などと見得のひとつも切って見せようと思ってきた勢いをはずされて、歌麿は手持ち無沙汰な感じがした。

千代は外神田の商家から通ってきている女弟子だが、間に嫁に行って二年ほど歌麿の家を離れたが、離縁されて戻ると、また出入りするようになった。母親に連れられてきて、歌麿の弟子になったのが十四のときだから、かれこれ十年も歌麿のそばにいる勘定になる。洒落本の挿絵も描いたことがあり、いまも自分で注文をもらった絵を描きながら、やもめ暮らしの歌麿の家の用事を足している。

二十四にもなる出戻りの女弟子が、嫁に行く様子もなく家の中にいることに、歌麿は時どき気の重いものを感じるが、いなければひどく物足りない気がすることも事実だった。いまも、千代のいない薄暗い家の中が、変に索漠としてみえた。

「夏の風邪とは粋なことだ」

歌麿はひとりで着替えながら呟いた。竹麿に、あの男のことを話したって、しようがないと思っていた。

「あ、先生」

台所のほうから、不意に竹麿の大声が聞こえた。

「何だね」

「蔦屋さんから使いが来ました」

「番頭かい？」

「いえ、別の人でしたが……」

「用件は何だい？」

「蔦屋の旦那が、ぜひ先生に会いたいのだそうで」

「ちょっと、こっちへ来い」

歌麿は言った。

「こっちへ来て、くわしく話しな」

そういうことは、もっと早く言うもんだ、と歌麿は腹の中で舌打ちした。蔦屋にはしばらく会っていないし、それにどんな大事な用か知れたものではない。これだから千代がいないと困ると思った。

二

柳橋の福田屋という料理茶屋に行くと、蔦屋重三郎が先に来ていた。

「お久しぶりです」

と歌麿は丁寧に挨拶した。蔦屋は、やあと言っただけだったが、眼は微笑していた。蔦屋は、いったいに無口な人間で、何を考えているのかわからないようなところがある。それでいてすばしこい商売をした。その商売も、ただ儲けて金を溜めるというやり方ではなくて、世間の人間が思いもかけないようなことを考え出し、後でなるほどすばらしい商いだと感心するような、思い切った手を打つ。蔦屋はそのあたりに商売の面白味をみているらしく、そのために金を使うことを惜しまなかった。

歌麿も、蔦屋のそういう商いの中で、才能を引き出されて、高名な絵師の地位を得た。そのことを歌麿は忘れたことがない。

酒が運ばれてくると、二人は何となく盃を掲げて飲み干した。

「半年ぶりですかな」

と歌麿が言った。年明け間もない頃、蔦屋が歌麿に役者絵を描かないかと持ちかけ、歌麿はそれを断った。その後蔦屋は、諦め切れないように、番頭の滝沢馬琴を何度か催促に寄こしたが、歌麿はついに拒み通して、半年以上経ってしまったのである。その間、蔦屋とは会っていなかった。

「役者絵のことは、ああいうことで悪しからず」

と歌麿はもう一度盃を掲げて言った。役者絵を断ったことで、出版の世界では、全盛の歌麿が、落ち目の蔦屋を袖にした、と面白半分の厭味な噂が流れたこともある。

蔦屋は、二年前に山東京伝の洒落本板行《はんこう》を咎められて、身代半減の刑を受けた。以来昔日の蔦屋の面影はなくなっている。世間はそのことを言ったのだが、歌麿はその噂を気にしなかった。筋が違うと思っていた。歌麿は役者絵には何の興味もそそられない。気が向かない仕事を、義理だけでやっても、どうせいいものが出来るわけがないとも思い、絵を描くということは、そういうものではあるまいと、歌麿の気持はそのことになると、変に頑固になる。同じ義理で描くのでも、役者絵を描くのと、枕絵を描くのとでは意味が違う。

そして歌麿は噂を気にかけなかったのは、歌麿のそういう気持を、誰か理解してくれる人間がいるとすれば、それはほかならぬ蔦屋重三郎だろうという自信があったからだった。

歌麿の言葉に、蔦屋は苦笑するように、軽く口もとを綻《ほころ》ばせて言った。

「あれはもう気にしなくていい。あれは、あたしの間違いでした」

「いずれ、そうおっしゃって頂けると思っていましたよ」

それだけのやりとりで、半年間の気まずいこだわりが消えてしまったようだった。

蔦屋は、歌麿に盃をさし、まだ十五、六にしか見えない酌取りの若い娘に、注いでくれと言った。女はそれほど美貌だというのではないが、捥《も》ぎたての果実のような、初初しい肌をしている。少女に近い、こういう小娘が蔦屋の好みだった。

「京伝さんが、近頃元気がないので……」

蔦屋は唐突に言った。

「何か書くようすすめているのだが、草双紙なら書く気があるらしい。そのときは、あんたに絵を描いてもらえますかね」

「いいですよ。描きましょう」

と歌麿は言った。それが今日の蔦屋の用事で、それだけで用件は済んだようだった。用件は軽かったが、その裏で二人の間のこだわりを消すという大事な用が終わったのだ。歌麿はくつろいだ気分で盃を口に運んだ。

女が一ぺん座敷を出て行ったと思ったら、新しく銚子を運んできて、それから行燈に灯を入れた。黙って動いているだけで、口数の少ない女だった。

歌麿はお糸を思い出した。今日は行けなかったが、明日は行かなきゃ、と思った。今日は昼前に若狭屋の注文の連作美人絵に手を入れ、昼過ぎから仲町の山本に出かけようと思っているときに、版元の山口屋の手代が来た。それでいいかと思ったら、そのあと物売りが二人も来て、その相手をしている中に、仲町に行くひまがなくなったのであった。千代がいないとひどく手間取れることがわかった。千代は本式に風邪をひいたらしく、今日も歌麿が出てくるまで姿を見せなかった。

行燈に灯が入ったが、外はまだ明るみが残っている。その明るみの中で、蜩《ひぐらし》が鳴いていた。

「近頃、ご商売の方はどうですか」

と歌麿は言った。歌麿の頭には馬琴が言っていた役者絵の描き手のことがあったが、直接には聞き辛い。

「まああだねえ。一ぺん落ち目になると、盛り返すのは容易じゃない」

「ですが、こないだ、ほら」

歌麿は大物の役人の名前を度忘れして、顔をしかめた。

「ええーと、松平越中守さまか。あのひとがやめられたから、幾分商売もやり易くなったんじゃありませんか」

「なかなか、そういうもんでもないね」

「どうしてですか？男風呂と女風呂を分けろの、茶屋で女と寝ちゃいけねえ、寝たけりゃ吉原へ行きな、といろいろ不粋な町触れを出していたのがあの方でしょうが」

「それはそうだが」

蔦屋は歌麿の政治に対する無知をもてあましたように、肉の厚い顔に苦笑を浮かべた。

「白河がやめたから、急に町触れを解くということはないものです。お役人は一ぺん出した触れは、なかなか変えないものでしてな」

「不自由なもんですな」

「それに白河侯というひとは、自分と考えの合うひとを老中に集めて、田沼とは違う政治をやろうとした。それが今度の口喧《やかま》しい改革さ。白河がやめても、後にそういう人たちが残っているから、やり方が変るということは、まず当分ないねえ」

老中の松平信明《のぶあきら》、松平乗完《のりさだ》、本多忠籌《ただかず》、戸田氏教、太田資愛《すけよし》、若年寄の青山幸道《よしみち》、京極高久、堀田正敦《まさあつ》と、みんなそういう人たちだと蔦屋は言った。

松平定信の周囲には、早くから人が集まった。名門田安家の最後の血筋という血統のよさ、奥州白河藩主としてのすぐれた治世の実績、鋭敏な頭脳と眼を瞠らせる学殖、幕政に対する志など、人を惹きつける要件は揃っていた。彼の周囲には常に十指を越える譜代小藩主が集まり、学問の話から藩政の在りようを話し合ったが、この集まりは、天明五年ごろには、田沼が主導する幕政を鋭く批判する集会に変った。

終日酒食抜きで膝をまじえ、人道、政治を語って飽きることがなかったという。

「ま、胸の悪くなるような景色だね。白河侯は、田沼政治の終わり頃には、毎日短刀を懐にのんで城に登ったというから激しいひとだ」

「短刀をどうするつもりだったんでしょうね」

「田沼を刺すためですよ」

蔦屋は、じろりと歌麿を眺めて言った。歌麿は、そういう蔦屋を、ただ呆れて見返していた。商売の役には立ちそうもない江戸城の奥のことを、よくそんなに知っているものだと思った。だがそういう人間が相手では、蔦屋の身代半減も遁《のが》れられなかったわけだとも思った。

「そういうもんですか」

歌麿は溜息をつくように言って、酌をしている女を見た。女は歌麿にみられて、銚子を持ちあげながら、ぎごちないつくり笑いを浮かべた。

「お固い話ばっかりですのね」

と、女は首をかしげるようにして言った。

「あ、大物といえば、おたくの番頭さんはどうしました？」

歌麿は、女の言葉から、堅苦しい顔をしている馬琴を思い出して言った。

「こないだ、やめて婿に行きました」

「やっぱり。で、相手は下駄屋の後家さんという話ですが、美人ですかね」

「美人じゃないね」

蔦屋はむっつりした表情で言った。老中がどうのこうのと、喋り過ぎて損をした、というようにもとの無口な顔にもどっていた。

「きれいな女じゃない?」

歌麿は興味をそそられていた。

「するとよっぽど気だてがいいとか、あるいは閨《ねや》の味がいいとか、いや、こいつは馬琴が知るわけがないわな」

「なに、多少家産があるというだけの話です」

蔦屋は興味もなさそうに言った。

「すが眼で、三つも年上です。気だてはくわしくは知らんが、一度婿を追い出したぐらいだから、おとなしい女とは言えないでしょうな」

「……」

歌麿は黙って盃をあけた。馬琴は、そういうところに入り婿したのかと思った。だが、この前若狭屋の番頭石蔵に、相手は後家だと聞いたときのような傷ましさは感じなかった。胸を打ったのは、馬琴のすさまじい覚悟のようなものだった。薬研堀の貝原で、飲んだとき、馬琴は戯作者になるために婿になると言ったのである。

歌麿は言った。

「馬琴は大物になるかも知れませんよ」

「そうかも知れんが、そうでないかも知れない。誰にもわからんことだ。あんただってそうだったからな」

蔦屋は少し酔いが回ったようだった。軽い笑い声を立てたのがその証拠だった。

「一人の歌麿の後ろに何人、いや何十人の歌麿がいたかも知れないと、ひょっと思うことがある。紙一重の差、つまり運というわけだが、それがあんたを世に出した」

「そういうものかも知れませんな」

歌麿は言ったが、少し不満だった。紙一重の差で、自分とほかの歌麿を分けたものがあるとすれば、それは才能ではなくて絵師としての精進かも知れないではないか、という気もしたのである。ぼんやりと見えるだけで、その何ものであるかも摑《つか》みにくいものを追いつめて、夜の明けたのも知らずに絵筆を動かしていた歌麿を蔦屋は知らない。蔦屋は出てきたものを鑑定《めきき》するだけだ。もっとも、歌麿が自分の絵を描けた、と感じたのは、そういう精進の最中ではなく、ある平凡な昼の光の中であったが。

歌麿は馬琴を励ましてやりたい気持に駆られていた。

「伊勢屋に入り婿をすすめたのはあたしでね、あれは番頭としては、さほど役に立たなかった。それで婿にでもなったらどうかと、軽い気持ですすめたわけだが、すぐ乗ってきた。こちらが無理強《じ》いしたり、またあれをだましたわけじゃない。相手のこともちゃんと話したからね」

「……………」

「こっちで驚いたくらいさ。あれは、ちょっと何を考えているか、わからんところがあるな」

蔦屋の言葉は、歌麿には冷たく聞こえた。歌麿は黙って盃を干した。

三

お糸が来るまで、歌麿は縁側に立って、外から吹き込んでくる風に涼んだ。

微かに頭痛がしている。昨夜はあれから蔦屋と二人で吉原に繰り込んで、また飲んだ。朝帰りになって、家に戻ると千代が来ていて具合悪いことになった。何も言わなかったが、賢い千代には大方の察しがついたようだった。

女房でもない女に、気兼ねすることは何もあるわけがないと思いながら、歌麿は何となく弁解じみた口を利いたりしたのである。

二日酔いというほどではないが、気分が重く、身体がだるい。それで仲町に来るのが遅くなった。時刻は、かれこれ七ツ（午後四時）ごろだろうと思われた。だが今日は絵を描く気分ではないからそれでよい。お糸に、あの男のことを話すだけでいいと歌麿は思っていた。

空気は澄んで、荒荒しくきらめくような日の光が庭木の上に躍っているが、風は涼しい。風は秋のものだった。どこかで蜩《ひぐらし》が鳴いている。二、三匹の声だった。誘い合わせたように、声を合わせたり、その声が少しずれたりしている。

「蜩ね」

入ってきたお糸が言った。お糸はお茶を運んできていた。

「昨夜は飲み過ぎてな」

歌麿は、水を飲むようにお茶を飲み干して言った。

「年は争えない。酒が身体にこたえるようになると、人間はそろそろおしまいだ」

「心細いことをおっしゃって」

お糸は笑った。白い歯がみえた。お糸は近頃漸く歌麿に親しんできている。絵を描きよい状態になっている。

「まだそんなお年じゃないでしょ」

「いや、そうじゃないよ。毎年だんだんに夏の暑さがこたえるようになってきたね。子供の頃は、そんなことはなかった。わしは上野の北側で育ってな。よく上野の山に蟬取りに行った。入っちゃいけないお寺の境内に忍び込んで、坊主に怒られたりしたもんさ」

「あたいは越後の山の中の村で生まれたんです」

お糸が不意に言い出した。自分のことを話し出したのは初めてだった。

「ほう、越後の生まれかい。それで肌のいろがきれいなんだな」

「あらッ」

お糸は紅くなった。金で男と寝る女だと思ったのは間違いだったかと、一瞬思ったほど敏感な反応だった。

「わけがあって、十二のときに江戸の知り合いの家にきて、それからまたわけがあって……」

と言って、お糸は自分の方から忍び笑いを洩らした。

「何のことかわかりませんね。十四のときにその家を出て、よそに奉公に出たんです」

「その間、一度も越後の家には帰らなかったのかい」

「ええ。帰っても、もう家がありませんから」

複雑な事情があるらしかった。するとお糸はあの男と、どこで知り合ったのだろうか。

「あたしねえ、先生」

お糸は離れの濡縁の外にみえている、庭の明るみに眼を向けながら言った。

「ほら、いま蜩が鳴いているでしょ？　あの声を聞くと、よく生まれた村を思い出すんです。なんというんでしょうね。遠い波の音のようでした。こっちの山にも蜩。あっちの山にも蜩がいて。ええ、もっと沢山いるんです。波の音みたいでした」

「………」

「夜明けと、日が沈む頃と、一日に二度鳴くんです。その声を聞くと、ああ今年の夏もそろそろ終わりだなって、何か哀しい気持がしました」

「………」

「だって、越後の山の中でしょ？　秋が短くてすぐ雪が降るから」

そうか、そういうところでお糸は育ったのかと思った。歌麿の眼に、その谷間の村がお伽《とぎ》草子の中の絵のように、小さく見えてくる。

「村の中を小さな川が流れているかい？」

「ええ、そうよ」

お糸は眼を瞠った。

「川の上の方、爪先上がりの山道になるあたりの村端れに、水車小屋がある。そして秋になると、村のあちこちに柿の実が鈴なりになってぶらさがって光っているか」

「そのとおりよ、先生」

お糸は頰を赤らめて言った。

「まるで見てきたようなこと、おっしゃるのね」

そういう村は、この国のあちこちにあるのだと歌麿は思った。自分の母親も、ひょっとしたらそんなところで生まれたのかも知れないと思ったことがあった。歌麿は父親の顔を知らない。もの心つく前に死んだと聞いた。そして母親も歌麿が子供の頃に死んだ。その母親は、時どき歌麿にはわからない、江戸弁でない言葉を使い、気がついて一人で笑っていることがあった。

この娘を、あの男に渡してはならない、と歌麿は思った。

「一昨日、あの男に会ったよ」

「え？」

お糸は怪訝《けげん》な眼で歌麿をみた。

「あんたが話してた、こわい男だ。多分な」

「あッ」

お糸は低い叫び声を挙げたようだった。顔から血の気がひき、眼は虚ろに歌麿をみた。

「どうした？」

歌麿は驚いて言った。びっくりするかも知れないとは思ったが、お糸の様子は歌麿の予想をこえた。

「そんなにこわがることはないよ。ここにあんたがいるとは言わなかった。気づきやしないよ。店の者も、誰かがあんたを訪ねてきても、いないということにしているそうじゃないか」

「でも、こわいんです」

お糸は顫《ふる》えていた。手を握りしめていたが、その手も膝の上で顫えている。

「何で、そんなにこわがるのかね。一体、あの男は何者なんだね。よかったら話してみないか」

「………」

お糸は激しく首を振っただけだった。

「こっちへおいで」

歌麿はお糸の手を握った。するとと思いがけないすばやさで、お糸が膝ですり寄り、身体を投げかけてきた。歌麿は抱きとめて、背を撫でた。稔《みの》った肉が掌に応え、甘酸っぱい匂いが歌麿の顔を包んだ。

「心配することはないよ。わたしには岡っ引をしている知り合いがいる。そんなに心配なら、そのひとに話して、あんたの身の回りを見張ってもらうようにしようか」

「だめよ、先生」

お糸はぐったりと歌麿に身体をあずけ、眼をつぶったまま言った。お糸の身体は細かく顫えつづけている。

「無駄よ。すぐに見つかるわ。見つかって、殺されるんだわ、あたし」

歌麿は茫然と外に眼をやった。部屋は少し薄暗くなっていたが、外にはまだ昼のような明るみが残っていた。その明るみの中で、蜩が鳴いている。

四

「あの妙な男が出て来なかったら、いい絵が描けたのだ」

歌麿はまた愚痴を言った。

版元の村治の番頭と会う約束で、そろそろ出かける時刻になっていたが、歌麿は思いきり悪く開け放した縁側に腰をおろし、膝を抱えていた。昨日と一昨日と、二日続いて雨が降って、肌寒い感じがしたが、今日は朝から晴れていた。晴れると陽気はたちまち盛り返して、真昼のような白い日射しが外を照らしている。

町は暑いだろうな、と出渋っているうち、姿を隠したお糸のことを思い出したのである。

お糸が山本から姿を消してから、今日で五日目になる。お糸と会って、あの男の話をした日、歌麿は恐怖で正体をなくしてしまったようなお糸を残して帰ることも出来ず、酒を運ばせてお糸にも飲ませた。酒が入ると、お糸はいくらか気持が落ちついたようにみえ、しまいには笑顔もみせるほどになった。

町木戸が閉まる時刻を気にしながら、ぎりぎりまで山本にいて歌麿は帰ってきたのだが、それで安心だと思ったわけではなかった。お糸の異様なこわがりようを眼にしたせいだった。

歌麿の予感はあたった。翌日の昼過ぎ、歌麿は絵の支度をして山本に出かけたが、山本ではお糸がいなくなって騒いでいるところだった。借金があるのではなかったが、手回りの僅かな品を持ち出しただけで、朝早く店を抜け出たというのが尋常でなかった。着物も置いたままで、朋輩たちはただ事でないと騒いでいるのだった。

ひょっこり帰って来ないものでもない、と歌麿はあてにならない望みをかけて、借りた離れで夜までごろごろして待ったが、結局無駄だったのである。

勝手口の方で、竹麿と花麿が、時どき突拍子もない笑い声をひびかせている。時おり薪を割る音がまじる。薪割りは竹麿の仕事だが、今日は非力な花麿が手を出しているらしい。そんな気配だった。若い者は暑さを気にしない。

千代は洗濯ものを畳んでいる。竹麿も花麿も、自分で洗濯するが、師匠のものまで洗うとは言ってくれない。言われなければいつまでも同じものを着ているたちだから、この前のように千代が風邪で休んだりすると、歌麿はたちまち垢じみてくる。夏場は汗臭くなる。こういうところがやもめ暮らしの不便なところだった。歌麿のやもめ暮らしは怠惰からきているので、自分できれいに身じまいしてぼろも出さない、出来上がったやもめ男とはだいぶ違うのだ。

「でも、その男のひとって、恐いひとなんでしょ？」

歌麿の肌着を畳みながら、千代が言った。

「どういう人間か、聞いてもお糸が言わなかったからわからんが、堅気でないことは確かだな」

「だったら、かえってよかったんじゃありません？」

千代は畳んだ洗濯ものの上に手を置いたまま、顔を挙げた。

「そりゃお糸さんというひとを残念がる気持はわかりますけど、変な男にかかわり合って、怪我でもさせられたら大変ですもの」

「ばか言いなさい」

歌麿は機嫌が悪かった。千代は何もわかっていないと思った。

「なにがいいことがあるもんか。わたしはいい絵を一枚描きそこなったんだよ」

「……」

「それにだ。あの子は可哀そうなほど怯《おび》えていたんだぞ。わたしはこわがってなどいないよ。腹を立てているだけです。見つけたら黒船町の親分に引き渡して絞りあげてもらいたいほどだね」

「ほんとに先生は」

千代は、歌麿がやっと立ち上がって出かける気になったのをみると、自分もすばやく立って、帯を渡したり、羽織を着せかけたりした。

「すっかり打ち込んでしまうんですから。そうだからいい絵が出来るんでしょうけど、はたからみていると、描かれるひとが羨《うらやま》しくなりますわ」

「変な言い方をしなさんな。何かほかに言いたいことがありそうだな」

「いえ、べつに。ただそんなに大事にされるんでしたら、そのうちあたしも、一度描いて頂こうかしらと思うだけ」

千代は、やはり少し絡んだような言い方をし、畳んだ懐紙を渡した。

「お財布はお持ちになりました？」

「はい、持った」

「今日は駒形の水科屋《みずしな》でしたね。遅くなりますか」

「いや村治の番頭は、あまり飲まないひとだから、夕方には戻ってくる。そうたびたび飲んでは身が持たない」

「それじゃ少し夕飯を遅くして、あたしもお相伴して帰っていいですか」

「そうしなさい。何だったら泊まっても、あたしはいっこうに構わないよ」

歌麿は、二人の間に残った少しばかり気まずい空気をほぐすために、その言葉を軽い冗談のように言ったのである。だが冗談の中に、少しばかりほんとの気持もまじっていた。千代とは、いつか夫婦のようになるだろうという予感のようなものがある。お千代を女房にしないのは歌麿の懶惰《らんだ》のせいだったが、いつかそういうことになるかも知れないという予感も、やはり懶惰な気分の中から生まれてくる。

だが千代はにべもない口調で、

「いいえ、遅くなったら竹麿さんに送ってもらいます」

と言っただけだった。

——竹麿なら用心棒にはもってこいだろう。

家を出て、予想したとおり暑い日に曝《さら》されて歩きながら、歌麿は苦笑した。千代の棒のようにそっけない言葉を思い出し、いつもと様子が違うのは、やはり一種の嫉妬《しっと》なのだろうと思い当たったのである。千代は控え目で、利口な女だが、歌麿がよその女をあまりに大事にするのは、やはり快くないのだろう。ふだんは、そんな気持を気ぶりにも見せない女だが、まだ風邪が治り切っていなくて、時どき咳をしている。それでひょいと女臭い嫉妬を表に出してしまったのか、と思った。

残暑の暑さは、真夏より始末が悪く、肌にからみついてくる。歌麿は折角洗ってもらった肌着が、たちまち汗に濡れるのを感じた。

水科屋に行くと、村治の番頭善右衛門が待っていた。軽い酒肴の支度がしてある。水科屋の離れは、高い庭木が影を作り、軒につるした風鈴が風に鳴っていた。

「ここは涼しい。いや、暑かった」

歌麿はばたばたと団扇《うちわ》を使った。

「先生」

善右衛門は、どういうわけか満面に笑いを浮かべている。

善右衛門は、長いこと村治に奉公してきた人間で、もう六十近い老人である。赤絵、漆絵といった昔の版画にくわしく、また春信や鳥居清満といった古い絵師を知っていた。髪は薄く、白髪で、顔は皺《しわ》だらけである。笑うと、皺の中に眼が隠れるようだった。

「味な女を見つけました」

と善右衛門は古風なことを言った。

「ほんとかね？」

「ほんと。先生好みのいい女です」

善右衛門は、歯が欠けた口もとをゆるめて、ヒッヒッと笑った。よほど自信があるらしかった。

——そいつは助かった。

と歌麿は思った。どのような女でも、という気楽な注文だったので、歌麿は村治には何も相談せずに、勝手にお糸を描いていた。だがお糸に逃げられてしまうと、気抜けもし、正直の話、絵になりそうな女を探す根気もなくなって、すぐ村治に手紙をやったのである。注文を先にのばすか、それとも別の女を探してもらうかしてもらいたいと、かなり我儘な言い分を書いて、花麿に持たしてやったのだった。

今日は、善右衛門と会って、その話し合いをやることになっていた。

「どこの女ですか？　やはり、こういう店に働いているひとかね」

「いまにわかります」

ま、一杯、と善右衛門は銚子を持ち上げた。

廊下に軽い足音がして、やがて襖が開き「いらっしゃいませ」という女の声がした。

「このひとですがね」

善右衛門は、自分の趣向が気に入っているらしく、またヒッヒッと笑ったが、歌麿は茫然と女の顔をみていた。

女はお糸だった。お糸も眼を瞠って歌麿を見返し、「まあ、先生」と呟いたが、やがてきまり悪そうな微笑を浮かべて部屋に入ってきた。

「ご存じなんですか、この女中さんを」

善右衛門の、すっかり白けてしまった声が、間のびしてひびいた。

五

「そういうわけでね。このひとを時どき見回ってもらいたいのですよ」

と歌麿は言った。

「承知しました。若い者が二、三人、どうせひまをもてあましてごろごろしてますから、早速見張らせましょう。むろん、わたしものぞいて見ますよ」

辰次は気さくな返事をした。

「もっとも女中さんが、こうきれいじゃ、若い者が妙な気を起こしやしないかと、かえってその方が心配ですな」

辰次は機嫌がよかった。機嫌悪いはずはない。昨日お糸を見つけた今日、歌麿は辰次を水科屋に誘って、こうして一席設けている。お糸が座敷にくる前に、少なくない金を包んで渡していた。

だがお糸は、辰次の軽口にも表情を動かさず、浮かない顔をしている。黙って酒を注いだ。その横顔をみていると歌麿は、お糸がまたどこかに姿を隠してしまいそうな不安を感じた。

村治の番頭はあんなことを言い、歌麿にも、続けてお糸を描きたい気持が動いていたが、この不安のために、絵のことはまだお糸に言っていない。今日も懐に、前にお糸を描いた下絵を一枚忍ばせてきているが、その話を切り出したものかどうか、歌麿はまだ迷っていた。

「姐《ねえ》さんに聞くが、その男は前科のある男かね」

辰次の声が、歌麿の耳を搏《う》った。まずいと思った。

「親分、そういうことは一切訊かないという約束だったが」

「しかし、相手がどういう男かわからねえと、こっちも具合悪いんでね。やっこさんが現われたときの扱いというものがありますト」

歌麿は沈黙した。辰次を頼んだことが、少しずつ悔まれてくるようだった。

辰次は絵草紙屋をやっているが、北町奉行所の伊沢という同心から手札をもらっている岡っ引だった。穏やかな商人顔をした五十男で、改革が始まる前、歌麿はこの男と狂歌の集まりで一緒だったことがある。それが縁で、多少絵心もある辰次は、ごくたまにだが、歌麿の家にきて、絵の話をしたりする。

岡っ引という感じがあまりしない男だが、こうしてお糸をじっくり問いつめている口調は、やはり岡っ引のものだった。訳は十分話してあるのに、辰次がお糸を見る眼には、同情も労《いたわ》りも欠落している。辰次の眼は、お糸の背後にいる、まだ見たことのない男にだけ向けられているようだった。

「いいんです、先生」

とお糸が言った。

「親分さんのおっしゃることも無理ありませんもの」

「そう、話してもらった方が、やりやすい」

辰次はしつこく言った。

「前科はありません。ただのやくざ者です」

「名前は？」

「秀次郎」

「やくざ者だといったが、博奕打ちかね」

「さあ。いまは何をしているか知りません」

「いまというと、前は博奕を打っていたんだな」

「ええ」

「じゃ、いまもどっかにもぐり込んで、賽子《さいころ》をいじっているに違いねえ。あれは禁制になったからといって、急にやめられるもんじゃない」

辰次は漸く安心したように言った。

「よし。これで野郎が現われたら、ひっくくることが出来る」

辰次は一刻ほどして帰って行った。今夜からすぐに、町木戸が閉まる四ツ（午後十時）頃まで、それとなく水科屋を見張らせる、と約束して帰った。

「すみません、先生」

辰次を見送って座敷に戻ると、お糸は小さい声で言った。

「あんなふうに頼んだら、ずいぶんお金がかかるんでしょう？」

「そんなことは気にすることはないよ。わたしが好きでしたことだから」

「でも、こんなに親切にして頂いても……」

お糸は歌麿の眼をじっと見つめながら、呟いた。

「無駄ですわ」

「そんなことあるもんか」

歌麿はなぜかぞっとして、思わず高い声を出した。お糸の眼に、何の感情も籠っていないのを感じたのである。人生を投げた者が、そういう眼で人を見る。秀次郎という男は、お糸にとって、どういう男なのだろう。お糸はなぜ、こんなに怯え、人生を諦めたような眼をするのだ。

「これを見なさい。な、あんたを描いた下絵だ」

歌麿は、慌しく懐を探って下描きをとり出し、膳を横にどけるとお糸の膝の前にひろげた。若い女の半身像が描かれている。女は、着物の上からもわかる魅惑に満ちた身体を、僅かに正面によじって微笑している。

「な、男なら誰でも惚れこむような女だ。まだ若い。これからちゃんと家を持って、四人も五人も子供を生んで育てる。そういう女が描かれている。これがあんただ」

「………」

「わたしは絵師だ。嘘は描かない。ありのままを描いた。このすばらしい女子、男がふるいつきたくなるような女が、あんただ」

「………」

「え、元気を出さないか。秀次郎というひとがどういう人間か、わたしは知らんが、あんたがそうして欲しいというなら、一肌ぬごうじゃないか。ちゃんと話をつけてやる。そうだからといって、変な勘ぐりは止めておくれ。わたしは、そうして元気になったあんたの、絵を一枚描かしてもらうだけでいい。どうだね、お糸さん」

絵を見つめていたお糸の顔が、一瞬赤らんだように見えたが、それだけだった。お糸の顔は、またもとのもの憂いような表情に戻った。お糸は黙って首を振った。

ついにお糸が、心を開かなかったのを歌麿は感じた。ぐったりと疲労を覚えながら、歌麿は手をのばして盃を取り、酒を啜った。酒は生ぬるく、苦かった。

十日近く経った、ある朝。歌麿は慌しい声に起こされた。その声は、「先生、起きてくれ」と言って、激しく戸を叩いた。竹麿らしい声が返事をして、戸口に出て行く音を聞きながら、歌麿は起き上がって、身支度をした。
予感のようなものがあった。あんなに用心したのに、やはりお糸に悪いことが起こったのだ。

「やられたよ、先生」

歌麿の顔をみると、外に立っていた辰次が、吐き出すように言った。歌麿はうなずいて、雪駄を履くと外に出た。そのまま二人は、肩をならべて浅草橋御門の方にいそいだ。

夜はすっかり明けて、朝の光が屋並みや道を静かに照らしていたが、町はすっかり目ざめたわけではなかった。道には人影がなく、歩いて行く間に、ときどき何処からともなく、雨戸を繰《く》る音が聞こえるだけだった。

「お糸は死んだんですか」

歌麿は小さい声で聞いた。

「いま医者がきて手当てしてますが、助からねえかも知れませんな。なにしろ腹をやられてるからね」

辰次は殺気立った声を出した。

その男は、夜明けに水科屋にやってきた。丁度水科屋の若い雇人が二人、青物の買い出しに行く支度をしているときだったので、一人がお糸を起こした。お糸は間もなく外に出てきて、男と話し始めたが、喧嘩をしているようでもなかったのに、男がいきなり刃物を出してお糸を刺した。

その様子を二人の雇人がみていたのである。雇人は朝早くお糸を呼び出した男を、怪しんでいたので、その有様をみると、すぐに逃げる男に襲いかかり、天秤棒《てんびんぼう》でめった打ちにして取り押さえたのだ、と辰次は言った。

「どっから嗅ぎつけて来たものか、気持の悪い男だね。その秀次郎というやつは」

歌麿は、一度だけ会ったことがある、顔色が悪い男を思い出しながら言った。恐ろしい男にかかわり合っていたものだと、寒気がするようだった。

「その秀次郎という名前もでたらめでね。お糸も知らなかったのか、それとも嘘ついたのか知らないが、ほんとの名前は富蔵と言って、したたかな悪党でしたよ」

「……」

「我われの間じゃ、ちょっと知られた男で、博奕はもちろん、ゆすり、たかり、女をだまして売っ払う。何でもやった男です。二年前には、人を殺した疑いで、追われたことがあった」

「人殺しですか」

「いや、そのときは殺したのは別のやつらしいというので、お目こぼしになったんですが、今度のようなことがあると、そのときのことも洗い直しだと、伊沢さんもおっしゃっているんですがね」

「そういう男にかかわり合ったんじゃ、お糸も助かりっこない」

歌麿は溜息を吐き出した。

「かわいそうに」

「かかわり合いっていってもね、先生」

ちらと辰次が歌麿をみた。辰次の顔に、奇妙な薄笑いが浮かんでいる。

「お糸は、富蔵の女房らしいですぜ」

「女房だって？」

歌麿は立ち止まりそうになった。

「れっきとした女房だと、野郎がそう言ったんですがね」

「……………」

「ほんとかも知れませんよ。呼び出されて外に出るとき、お糸は軽く化粧して出て行ったと、一緒の部屋に寝ている女中が言っているし、どうもお糸は、こうなることを覚悟していた節がありますなあ」

歌麿は沈黙した。男が言ったことは、ほんとのことだろうと思った。かりそめの間柄でなかったから、お糸は男がどういう人間であるかを承知していたのだ。それでも逃げ出した。いつか男に見つかり、ひどい目にあうだろうと、いつも心の中に諦めを抱きながらだ。

「だけど、先生」

辰次は、いままでの岡っ引らしいきびきびした口調でなく、ふと困惑したような声音になった。

「お糸ですがね。もしや運よく助かっても、もう絵にはなりませんぜ」

「……？」

「なにしろ腹だけでなく、ここを斬られちゃってますからね」

辰次は歌麿に横顔を向けて、ぴたぴたと自分の頰を叩いた。

「治っても、化物でさ」

「ひどいんですか」

――でも、命さえ助かればいい。

と歌麿は祈るように思った。

さっきから、奇妙に心を惹く物音が聞こえていると思ったら、それは蜩の声だった。声はたった一匹だった。蜩の季節はもう終わっている。最後に生き残った一匹が鳴いているのかも知れないと、歌麿は思った。その蜩にも、死ぬなと歌麿は祈った。

道は諏訪町を通りすぎるところで、水科屋に入る露地のあるあたりに、人が群れているのが遠くに見えてきた。

赤い鱗雲《うろこぐも》

女が、不意に手にしていた鼻紙を顔に持って行き、眼に押しあてるのを歌麿はみた。そのまま、女はうつむいてじっとしている。

その女は、茶店に入ってきたときから、歌麿の注意を惹きつけていたのである。細身で脚のすらりとした女だった。薄べりを敷いた桟敷《さじき》の端に腰かけると、女はお茶を言いつけたが、運ばれたお茶に手を触れる様子もなく、じっと前を向いたままでいた。女の眼には、上野の池ノ端あたりから下谷の辺までの町並みが、小さく見えているはずだったが、表情は虚ろで、そういう景色を眺めているようでもなかった。葭簀《よしず》張りの茶店の中には、歌麿のほかに、町の旦那衆といった身なりの、年輩の男たちが三人、高い声で話していたが、女はその声には全く無関心のようだった。あらぬ方《かた》を眺めながら、ひとりで深い物思いに囚われているようにみえた。

歌麿からは、女の横顔がみえている。おとなしい鼻梁《びりょう》と小さな口もとがみえる。眼の細いのが、女を憂い顔にしている。二十三、四の年増だった。地味な藍染《あいぞ》めの浴衣から、ぬけるように白い頸が出ているが、着こなしはどことなく野暮で、堅気の女房の感じだった。女は手に小さな風呂敷包みを持っていた。

——お茶が冷えるだろうに。

と歌麿が思ったとき、女が少し顔をうつむけ、眼に鼻紙を押しあてたのだった。女は人眼もはばからず泣いていた。

ぞくり、と歌麿の心の中で動いたものがある。それはある種の感動だった。

——絵になる。

蔦屋から頼まれている婦女人相の続きものが、心の隅を掠《かす》めた。

一

蔦屋の書斎は狭苦しく薄暗い。ところ構わず積み上げた草紙、読本《よみほん》、錦絵を、かなり煤《すす》けた障子を通す光が、ぼんやりと浮きあがらせている。紙の山の間から、二人の男が顔をあげて、歌麿を迎えた。

「もう、火鉢ですか」

と歌麿は言った。部屋の中はむっとして暑い。

「この先生が、寒いというものだから」

と蔦屋が言うと、山東京伝が、男にしては愛嬌があり過ぎると歌麿がいつも思う涼しい眼で歌麿を見て笑った。京伝は三十三で、歌麿より七つ下、蔦屋重三郎からみると十二も年下だが、体格では一番見劣りする。面長で、知的な感じがする高い鼻、涼しい眼、厚目だがおとなしくすぼめがちの唇を持つ京伝の風貌は、どことなく大店《おおだな》の若旦那といった感じが残っている。

だが、この若旦那ふうの京伝は、歌麿がまだ無名にひとしかった天明の初期に、もう北尾政演《まさのぶ》の名で一流の絵師だったし、黄表紙から洒落本、滑稽本の作者に転じると、たちまち一世を風靡《ふうび》する戯作者となって、江戸の読者を狂喜させた。

歌麿の心の中には、つねにこの年若い戯作者に対する尊敬の念がある。眼の前にいる、このおとなしそうな人物こそ天才というものだった。そして、京伝に会うたびに、どういうわけか、ほとんど反射的に、履物屋の後家に入夫《にゅうふ》した馬琴を思い出すのだった。

馬琴は天才ではなかろう、という気がする。その才でないものが、文筆への望みを捨てかねて悶悶《もんもん》としているようにみえる。そういう悶《もだ》えもまた、なにかを生み出すことがあるのだろうか。

「それは、誰の絵ですか」

と歌麿は聞いた。歌麿が書斎に入ってきたとき、二人が額を突きあわせるようにして眺めていた絵が、さりげなく蔦重の膝のそばに置かれている。人物の下絵だった。

「ははあ、お目に止まったかね」

蔦重は言うと、すぐにはそれを歌麿に見せようとせずに、手を叩いて人を呼んだ。

「それではひとつ、先生の鑑定をお願いしてみますかな」

蔦屋は、いくぶんもったいぶっていた。襖をあけて顔を出した女中に、茶を持ってくるように言ってから、蔦重はいたわるような手つきで下絵を取りあげ、歌麿に渡した。

「おや、高麗屋《こうらい》だ」

と歌麿は言った。下絵は二枚で、高麗屋親子が描かれていた。四代目松本幸四郎の幡随院長兵衛、三代目市川高麗蔵《こまぞう》の白井権八だった。

「ほほう、なるほど」

歌麿は呟いたが、そのとき心の中に強い嫌悪感が動いたのを感じた。

絵は、幸四郎と高麗蔵の、舞台の上の一瞬の動きを描きとめていた。眼、鼻、口など、顔の造作がひどく誇張されてみえるのはそのためだろうと思われたが、その誇張された線が、巧みに高麗屋親子にほかならない人物を、そこに描き出しているのだった。下絵に過ぎないのに、絵は恐ろしいほど役者本人に似ていて、他人に見まがうあいまいさは全くなかった。はじめて本当の意味の似顔絵にお目にかかったという気がした。

——だが、こんなに本当のことを描いていいのかね。

という気がちらりとした。役者絵である以上、これを描いた絵描きは、あるいは演じている役柄の真実に迫ろうとしたのかも知れなかった。だが絵は、そこを突き抜けて、役の背後にいる幸四郎、高麗蔵という役者を裸に剝《む》いているようにみえる。

——この絵描きの興味は、そこにあるのではないか。

ゆえ知れない嫌悪感は、絢爛《けんらん》たる役者絵をみるつもりでのぞいたら、いきなり役者の素顔をつきつけられた驚きのせいでもあったが、同時に歌麿の中に、この疑問がひらめいたためでもあった。非凡な絵だが、これは役者絵と呼ぶべきものではない、という気がした。

「どうですか」

と蔦重が言った。京伝もじっと歌麿をみつめている。

「たいへんな絵ですな」

とりあえず歌麿はそんな言い方をした。そして京伝にむかって小さい声で言った。

「どうです？」

「非凡、ですな」

「そう、非凡です」

二人はじっと眼を見合った。京伝の眼に微かな動揺があるのを歌麿は見つめている。京伝もまた、その絵の非凡さに注釈をつけたがっているのを歌麿は感じた。

「これが、前の番頭さんが言っていた人の絵ですか」

と歌麿が言うと、蔦屋はじろりと歌麿をみた。

「左五郎が、何を言っていました？」

左五郎というのは、馬琴の本名である。

「どうやら役者絵を描く人間を見つけたらしい、と聞きましたがね」

「そう、これがその男の描いた高麗屋ですよ」

「何という絵描きです？」

みると、京伝も熱心な眼で蔦重の顔をみている。絵はみせられたが、名前はまだ聞いていない様子だった。

「写楽《しゃらく》という男ですがね」

と蔦重は、少し胸を起こすようにして言った。

「写楽？」

歌麿は京伝と顔を見合わせた。それがはじめて世に出てきた人間であることは言うまでもなかった。すでに名の出ている絵師の筆ではない。そういう男を、蔦屋は掘り起こしたのだ。

二

「どうですか」

と、蔦屋がまた言った。

「売れますかね？」

「………」

歌麿は答えなかった。絵そのものがどうかと問われれば、いくらも答えようがあるようだったが、板行《はんこう》して絵草紙屋で売れるかということになると、まず売れないだろうという気がした。

架空の、あるいは偽りの絵空事を、いかにもまことらしくみせるのが芝居というものだろうと歌麿は考える。観客にまことだと思わせ、酔わせることが出来る役者が名優で、偽りが透けてみえるような演技しか出来なければ大根役者である。観客は役者を通して架空の世界をみ、酔うのだ。役者絵も似たようなものだった。なるほど似顔絵ではあるだろうけれども、錦絵を買いもとめる人人は、一枚の錦絵からやはり甘美な虚構の世界をのぞきみようとするのだ。

写楽の下絵は、錦絵の客が買いもとめたがっている甘美な幻想をわざと払い落としている、と歌麿には思える。描かれているのは、白井権八の衣裳をまとったに過ぎない高麗蔵、長兵衛の扮装をしたに過ぎない幸四郎だった。役者から化粧をはぎ取って、日の下に晒《さら》したような一点ひややかな気分がある。

「売り方にもよりますな」

と、京伝は柔らかい口調で言った。

「私はこれを、大判でしかもうんと派手な雲母《きらら》摺りで売り出すつもりです」

と蔦重は少し固い口調で言った。

「ご存じのように、休んだ市村座にかわって、十一月から桐座が芝居を打ちます。それにこれは噂ですが、都座の興行が、やはり十一月から許されるらしい。これは中村座のかわりですな。だから来年は河原崎座を入れて控櫓《ひかえやぐら》三座が揃って興行を打つという、珍しいことになります。おそらく江戸中の芝居好きが沸くでしょうな」

「…………」

「写楽を、私はこの三座興行にぶっつけるつもりですよ。大判で、黒雲母です。どうですか」

「黒雲母ね」

歌麿は、後の言葉を、低い唸りの中に呑みこんだ。豪華な錦絵になるだろうと思われた。だが黒雲母で潰した画面の中で、ひんむいた眼、高過ぎる鼻、ゆがめた口は、一層どぎつく、ほとんど醜悪に近い表情になりはしないか。

「思い切ったことをなさる」

京伝が言った。低い声だったが、その言い方に非難するような響きが籠っているのを、歌麿は感じた。

「役者さんの注文は、もう取りはじめているわけですな」

「ええ、ま、少しずつ」

「絵がそういうものだと、話しましたか」

京伝のこの質問に、蔦屋はしばらく黙り込んだ。

「じつは、まだなんだがね」

蔦屋は不意にひるんだような表情になって、二人の顔を交互にみた。

「ほんとのことをいうと、私もまだ迷っていましてな」

「……」

「どうですかね。あんたはさっきから唸ってばかりいて、何もおっしゃらんが……」

蔦屋は、苦笑して歌麿をみた。

「売れないとみているようですな」

「まず、売れませんな」

歌麿はずばりと言った。

「役者絵を買う客は、やはり白粉をつけた役者をみたいわけですよ。ところがこの絵は、白粉をはぎとっちまっているね。これがうけるとは思えませんな。それに、こうあからさまに描かれちゃ、役者さんが文句を言いませんか」

「それも心配のひとつ」

蔦屋はむすっとした顔で、おどけた言い方をした。

「しかし、来年の芝居はみんなが狙っているもんでね。泉市、森治、それに浪花町の上村、そのうえ鶴喜も動いているようだし、月並みの絵を出したんじゃ勝負にならんという空気があるわけですな」

「泉市は豊国に描かせると聞きましたが、ほかは誰ですか」

「上村は春英さんが描くらしいな。鶴喜も春英さんを頼むんじゃないかと思うが」

「……………」

「絵そのものはどうですか。私は役者さんをこんなふうに描いた絵をこれまで知らんが」

「恐ろしい絵です」

「並みの絵描きの筆じゃありませんな」

歌麿と京伝がほとんど言葉を重ねるようにして言った。

「ま、も少し考えてみましょう」

蔦屋は少し首をかしげ、後は半ばひとり言のように言った。

「よしんば写楽で損をしても、この男一人を世に出すための捨て金と考えれば、惜しくない気もするし。世に出すには、来年豊国にぶっつけるしかないんだ」

「写楽というのは、どういう人物ですかね」

歌麿が聞いたが、蔦屋はむっつりと腕を組んで答えなかった。そこまではまだ言いたくないようにみえた。それで、写楽の版下絵の話は終わったようだった。

「馬琴が、蔦屋《ここ》から本を出すそうですよ」

と京伝が沈黙している蔦屋にはかまわずに、歌麿にむかって言った。

「読本《よみほん》ですか」

「いや、黄表紙ですがね。浮世街道御茶漬十二因縁というものです。もう勝川春英さんの絵が出来上がっているらしい」

「一度、先生に聞きたいと思っていましたが……」

歌麿も京伝に向き直って言った。

「馬琴先生の見込みはどうですか」

「見込みというと、作者として立てるか、どうかということですか」

「そう」

「さーて……」

京伝は、なぜかはにかむような笑い顔になった。

「こればかりは何とも言えませんなあ。人に読まれるようなものを書けるかということでしたら、あの男ならいつか自分なりの読物をつくり上げるのじゃないかという気はしますがね。学問はあるし、第一えらく熱心です」

「なるほど」

「だが、それで飯を喰えるかということになると、これは別問題ですな。馬琴は名声にあこがれているようなところがありましてね。あたしに言わせれば、それは虚名に過ぎんのですが、名声を得てそれですぐ飯が喰えるものと思いこんでいるところがありますな」

「うん、確かにそういうところはありますな」

歌麿は、若い頃角力にならないかと誘われたという馬琴の大きな身体と、いつも鬱屈を隠しているようだったむっつりした表情を思い出していた。

「戯作という仕事は、しょせん虚業です。役者が舞台でお客をたぶらかすのと一緒ですな」

「そういうことになる。私も一緒ですよ」

二人は顔を見合わせて低い声で笑った。

「今度莨《たばこ》入れ屋の店を開きます。一度寄って下さい」

そう言って京伝は、思い出したように莨入れを引き寄せると、音立てて煙管《きせる》を引き抜いた。

「左五郎の今度の本は、三冊組みのものでね」

わがままな物思いから戻ってきた蔦重が、口をはさんだ。

「おかしな筆名がついていたな。そうそ、曲亭馬琴としてくれということだったな」

「曲亭ですか」

京伝は首をかしげたが、すぐに言った。

「漢書《かんじょ》に、巴陵《はりよう》曲亭の陽に楽しむとありますが、そのへんから取りましたかな」

京伝は博学である。そうかも知れなかったが、歌麿は一癖ある心情の持主である馬琴が、自分のそういう性格を心得ていて、今後もそれで行くしかないと宣言しているように感じた。

「お、忘れるところだった」

蔦屋がじろりと歌麿を見据えるようにして言った。

「そろそろ五枚目を頂かんと。彫師に催促されているのだが、どうですか。いい女子が見つかりましたか」

「心配いりません」

歌麿はにこにこ笑った。

「ひと月ほど前に、しっとりした、いい年増が見つかりましてな。いま車輪《しやりん》で写していますよ」

三

おや、と歌麿は思った。

お品の顔に、微かな笑いが浮かんでいる。本人はそれに気づいているかどうかわからないような、微かな笑いだった。この家に通いはじめて半月ほどになるが、女の笑顔をみたのはこれがはじめてだった。

——死んだ亭主のことでも思い出しているのかね。

そう思いながら、歌麿は筆を置いた。

「少し休もうか」

歌麿が言うと、お品ははっとわれに返ったように歌麿をみた。いつもの憂い顔に戻っている。

「お茶をいれます」

と言って、お品は台所に立った。

——悲しみというものは、有難いことにだんだんに癒《い》えるものだな。それが人間のあさましさからか、強さからかは別にして、だ。

と歌麿は思った。

湯島天神の境内で、お品にはじめて会ったときのことを思い出していた。

茶屋の中で、人眼もはばからず泣いていたお品は、やがて日が翳《かげ》ると立ち上がった。打ちひしがれたような後ろ姿を見送っているうちに、歌麿はどうにかして、その女を絵にしてみたい衝動に駆りたてられて、後をつけたのである。何かよほど悲しいことがあって、押さえがきかなくなっているとみえる女が、これからどうするつもりだろうとよそながら気遣う気持もあった。切り通しを降りて、池ノ端の方に女が曲がって行ったときは、ひょっとしたら不忍ノ池に身を投げるつもりではないかと、本気で心配したほどである。歌麿のその心配がおかしくないほど、女は性根を失った心もとない足どりをしていた。

だが、女は身投げもしないで、仲町から上野広小路の雑踏を横切り、上野山下の方に向かった。そして幡随院横の下谷山崎一丁目で一軒の家に入った。小さなしもた屋風の住居だった。家に入る前に、女が隣の桶屋の店に入り、やがて三つぐらいにみえる女の子を連れ出してしもた屋に入ったのをみると、そこが女の住居であることは疑いなかった。

――どういう女だろう。

むろん、絵にしたいと思っても、見も知らぬ赤の他人に、いきなり描かせてくれと言えるわけもなく、その日歌麿は、ともかく女が無事に家にたどりついたことに安心して、弁慶橋の家に戻ったのだったが、悲しみに沈んでいた女の姿が頭の中にこびりついて離れなかった。

その気持を隠しておくことが出来ずに、歌麿は、家に帰るとさっそく女弟子の千代や、住みこんでいる竹麿、花麿にその女の話をしたのだったが、千代は適当に相槌を打つだけで、少しも話に乗って来ようとせず、竹麿や花麿は薄笑いをうかべて、ろくに返事もしなかった。歌麿が、いい女を見つけた、と喚きながら帰ってくるのは、いまに始まったことでなく、そして二、三日も放っておけば、なんということもなしにおさまるのが、これまでの例だったからである。

だが歌麿は諦めていなかった。蔦屋の連作は評判がよく、歌麿も力を入れていたが、四枚描いて、その後の画題に困っていたという事情もある。蔦屋は商売が以前のようでないせいか、馬琴が店をやめてから、これと決まった番頭を置いていないらしく、蔦屋本人はまた気心が知れ過ぎていて、歌麿の望みを聞いて絵になりそうな女を探すなどということはしてくれない。万事歌麿にまかせきりで、しかも催促だけはやたらに厳しいのだ。

浅草や上野近辺に出かけたついでに、歌麿は、二、三度山崎町まで足をのばして、女の家のあたりを、それとなくのぞいたりした。しかし、女の家は、いつ行ってもひっそりと戸を閉めたままで、あたかも歌麿の関心を厳しく拒んでいるようにみえた。それをみると歌麿は、自分の、女に対する関心の持ち方がいかにも異常に思えて、ひどく気落ちしたり、逆に次の絵は、あの女を描くしかないのだ、と思いつめたりした。すると、湯島天神の境内の茶店でみた、女の白い顔や、うなだれた頸が生《なま》なましく思い出され、あのとき声をかけなかったことが悔まれてくるのであった。

二度目に女を見かけたのは、そうしてひと月近く経った頃だった。その日歌麿は池ノ端の版元須原屋に行き、一刻ほど話してから思い立って山崎町にむかったのであったが、女の家の近くまで来たとき、女が子供と一緒に隣の桶屋に入って行くのをみたのである。

なにげなく通り過ぎてから、歌麿が振り返ってみると、女が一人でさっき、歌麿が来た道を歩いて行くところだった。すぐに足を返して、歌麿は女の後をつけた。そして、女が浅草広小路前の茶屋町にある千鳥屋という小料理屋に、裏口から入って行くのを確かめたのだった。

お品が茶を運んできて、黙って歌麿にすすめると、自分もひと口飲んだ。

「どうですか、お勤めの方はよほど馴れたかね」

歌麿が言うと、お品は首を振った。

「疲れます。それにお酒を飲んだりしていると、だんだん悲しくなって」

「お酒は飲んだことがないの？」

「いえ、亭主が晩酌をしましたから、お相伴はしていましたけど」

お品は子供一人を抱えた寡婦だった。亭主の粂蔵《くめぞう》という男は、鳶《とび》の小頭をしていたが、米沢町の美濃屋という米問屋が、向嶋《むこうじま》に別荘をつくったとき仕事をしていて、庭石に胸を潰されて死んだ。歌麿がお品をはじめてみたときは、仏の四十九日が過ぎたばかりで、あの日お品は湯島二丁目にある親戚の家に、身の振り方を相談に行った帰りだったのである。親戚の家の話も思わしくなく、長い間の寝不足でお品は疲れきっていた。死んだ亭主のことを思い出したり、行く先のことを考えたりしているうちに、涙が溢れてきた。もっとも後で歌麿にそのことを言われたとき、お品は泣いたことを憶えていなかったのである。

「ところで、さっきはなにか思い出し笑いをしていたようだね」

と歌麿は言った。

「あら、そうですか」

お品は怪訝な眼で歌麿を見返したが、不意にぱっと顔を赤らめた。

「死んだご亭主でも思い出したかね」

「……」

お品は首を振ったが、顔はいよいよ赤くなって、表情に生気が出てきたようだった。

「しかしお品さん。私が絵を描かせてくれと言ったときにも話したことだが、いつまでも死んだひとを思いつめるのはよくないよ。死んだご亭主だって喜ばないしね」

「……」

「料理屋勤めは疲れると、あんたおっしゃるが、それでも黙って家に籠っているよりなんぼいいかわからない。いろんなひとをみ、いろんなひとと話していると、世の中悲しいことも嬉しいことも、ざらにあることだとわかってくるはずだ。思いつめて世間を狭くしなさんな」

「違うんですよ、先生」

とお品が小さい声で言った。

「……？」

「あたしを好きだというひとがいるんですよ。こんな婆さんを」

歌麿ははじめお品を二十三、四とみたが、お品は二十六になっていた。

「そいつは結構な話じゃないか」

と歌麿は言ったが、不意をつかれたような気分になっていた。

――そうか、やはり眼をつけた奴がいるわけだ。

と歌麿は思った。お品はきれいな女である。だがそれだけでなく、亭主を亡くした悲しみ、とり残された孤独といったものが、お品の美しさを薄い光沢で包んでいて、それがお品にとっては不本意かも知れない色気になっている。ひと眼で歌麿が惹かれたのは、そういうところだった。

同じところに眼をつけた奴がいる、と思ったとき、歌麿の胸に嫉妬めいた感情が走ったようだった。多分脂ぎったヒヒ親爺といったあんばいの、金をどっさり持っている男がお品の色気を見抜いたのだ。歌麿は、自分も下腹に脂肪がたまってきているのを棚にあげて、見たこともないその男に毒づく気分になった。

「どんなおひとかね。その、あんたのきれいさがわかるという眼の肥えた男は」

「変な言い方ね、先生」

お品は言ったが、顔には依然として生きいきしたいろがある。

「嘘かほんとかまだわからないんですから。若いひとって信用ならないでしょ？」

「若いのかね、そのひとは」

生意気な奴だ、と歌麿は思った。歌麿は改めてお品をみた。まだ勤めに出かけるには一刻ほど間があって、お品は白粉気のない、素顔だった。面長で小造りの顔は、まだ小皺ひとつなく、なだらかな肩から胸のあたり、腰まわりは見事に女の実りを示している。

「飲みにくるのか、その若いひとが？」

「ええ、三日にあげずって言うんでしょ？　ああいうの。そのたびに名指しなんです」

お品の口調には、いくぶん困惑した響きがある。だがその男を嫌っている様子ではなかった。

「若いって、年は幾つぐらい？」

「二十三だって言っていました」

「どっかの若旦那といった感じかね」

「それが、職人さんみたいなんですよ」

へえ、と歌麿は言った。それなら真面目な話じゃないかという気がした。大店の道楽息子が、たまたまお品の色香に迷ったということでもないらしい。若いったって、お品より三つ年下でしかない。

だが歌麿は、そのことをお品に言わなかった。若い者なら若い者らしく、十七、八の娘っ子の尻でも追いかけるべきではないか。亭主を亡くした年増に言い寄るなんぞ、やはり生意気だ、と歌麿は理不尽なことを考えていた。

「あら、あの子どこまで行ったかしら」

お品がふと顔をあげて言った。変に生ぐさい生気のようなものが消えて、一人の母親の顔になっていた。

「済みません。ちょっとみて来ますから」

お品が表に出て行ったあと、歌麿はつくねんと膝を抱いて部屋の中を見回した。六畳の茶の間には、半分ほど開いた障子の間から、秋めいた日射しが畳の上に流れこんできている。その光の中に、吊り下げた風鈴が黒く浮かんでいる。

粂蔵という亭主は甲斐性のある働き者だったらしく、表店にはさまったこの家は自分のものだとお品は言っていた。簞笥《たんす》や長火鉢などの家具調度もきちんと揃っている。だが、部屋の中が尋常なだけに、人気のない淋しさが家の中を支配しているようだった。

子供を呼ぶお品の声が聞こえた。娘のように澄んだ呼び声だった。

――ま、いいじゃないですか。

歌麿は胸の中で呟いて、風呂敷包みをひろげると、画紙や焼筆を包みはじめた。規則正しく槌を使う音がするのは、隣の桶屋が仕事をしているのである。歌麿は一日置きに神田からここまで通ってきている。その物音に、もう馴れていた。

四

「なにをそんなに、いきり立っていらっしゃるのですか」

と千代はおっとりした口ぶりで言う。千代は縁側に陶器の花瓶を五つも持ち出して布巾で磨いている。もう庭は薄闇に包まれていて、虫の声がしていた。いつもなら千代は神田相生町の家に帰る時刻だが、今夜はこれから自分で料理の腕をふるって、一緒に夜食を喰べて行くことになっている。

「なにがって、まあ考えてもみなさい」

歌麿は、さっき山崎町のお品の家でそうしていたように、部屋の中で膝を抱いて、千代が花瓶を丹念に空拭きしているのを眺めながら言った。

「まだ二十三だというんだ。しかもだよ、蔵に金がうなっているような大店の道楽息子というならともかく、職人らしいのだ、その男」

「職人さんだっていいじゃありませんか」

「悪くはないさ。私は悪いなんて言ってませんよ、ただその職人さんが、だ。三日にあげず料理屋に通いつめるというのは、これはどういうことだね」

「………」

千代は言葉につまったように、黙って手を動かした。

「それみなさい。あんただっておかしいと思うだろ？　職人がそんなに金を持ってるもんかって、誰だって思うじゃないか」

「でも、人さまのことはわかりませんわ。あたしが子供の頃、家によく物貰いがきていましたけど、父が、あの男はあんな恰好をしているが、家より金持ちなんだぞって言っていましたから」

と言ったが、千代は自分の言葉に吹き出して、片手で口を押さえた。

「誰もお菰《こも》さんの話などはしていませんよ。その職人が、信用なるかどうかということです」

「信用ならないとなったら、どうなさるんですか」

「言うまでもないことですよ。私はお品さんにむかってね、そんな正体も知れない金を使う若い男なんかとつき合うのは、おやめなさいと言ってあげるさ」

「先生、そのひとに惚れていらっしゃるんですよ」

千代は少し蓮葉《はすっぱ》な口をきいた。

「だからお品さんというひとが、そんなに心配なんです。若い職人さんていうそのひとを、嫉《や》いてるんじゃありません？」

「馬鹿言っちゃ困る」

歌麿は苦い顔をして、斜めにこちらをみている千代から眼をそらした。

「茶化すのはやめなさい。私は真面目な話をしてるんだから」

戸口のあたりに、どかどかと足音がして、買出しに行った竹麿と花麿が帰ってきた様子だった。いやにはあはあと息を切らしたり、くすくす忍び笑いをしているところをみると、また橋のあたりから二人で馬鹿のように駈けっこをしてきたらしかった。二人はよくそんなことをやる。身体は立派な大人だが、中身がそれらしくなるには、まだ少し間がある年頃なのだ。

「おや、帰ってきたようですわ」

千代は、拭き終わった花瓶を縁側に一列にならべると、立ち上がって雨戸を閉めようとした。外はもうほとんど暗くなっている。

「もう少し、そのままにして置きなさい」

と歌麿が言うと、千代ははいと言って花瓶を二つ胸に抱えるようにして、台所の方に立って行った。「お豆腐は？　それから椎茸忘れなかった？」などと千代が聞き、二人がぼそぼそ答えている声が聞こえてくる。

歌麿は立って行って縁側に蹲《うずくま》った。月がのぼっていて、庭の暗い樹立ちの間から、ちらちらと光が洩れている。仲秋の名月は過ぎたが、月の光はまだ明るかった。行燈をともした家の中より明るいぐらいである。

歌麿は、脛《すね》にとまった蚊をぴしゃりと叩いたが逃げられた。だいぶ涼しくなったが、日中あたたかい日は、夜になると、まだ蚊が出てくる。蚊が出てくると、歌麿は親の敵にでも会ったように、大さわぎして追いかけるが、めったに捕えることがない。ところが千代はおっとりしているくせに、身のまわりにきた蚊は、一発で仕とめるのだ。歌麿にはそれが不思議でならない。

――にぎやかなのはいい。

台所から、千代の笑い声や花麿のとんきょうな声が聞こえてくるのを聞きながら、歌麿はぼんやりそう思った。すると、無人の家のように淋しいお品の家のことが思い出された。お品は、お光という女の子を、隣の桶屋に預けて、広小路に働きに行く。

——もし、その男が、まともな職人だったら。

別条ないではないか、と歌麿は思った。お品が好きだという男が現われて、子供がいるのを承知で一緒になってくれれば、年上だろうが、年下だろうが、結局それにこしたことはないのだ、と思う。絵師歌麿としては、一枚の絵にお品という女を描きとどめるだけでいい、と歌麿は、心を動かされる女に出会ったあと、いつも落ちつく結論に、自分を導こうとしている。

歌麿のそういう、女に対する消極さは、いうまでもなく怠惰からきていた。若い頃のように何がなんでもという気分はとうの昔に失われている。一度そうなった後の、女との交渉の煩わしさが思いやられ、その想像の中で情熱は醒めて行くのが常なのである。

「先生」

植込みの間から、ぬっと姿を現わした黒い人影がそう呼びかけて、歌麿はぎょっとし、思わず腰を浮かしかけた。

人影はずかずかと近づいて縁側まできた。みると黒船町の辰次だった。辰次は絵草紙屋をしながら北町奉行所の伊沢という同心から岡っ引の手札をもらっている男で、歌麿の知り合いだった。

「どうしました、親分」

歌麿は驚いて言った。胸が少しどきどきしている。辰次の現われ方が唐突だったからでもあるが、こんな夜分にこの男がくるからには、ろくな用事のはずはない、という気がしたのである。辰次は古い顔馴染だが、友達というわけではない。辰次には、一点歌麿には理解し難い、隠した部分があると、いつもそう思う。

「いえね。玄関のところから、ひょっとこっちをみたら、先生がお月見しているのが見えたもんで」

と辰次は言い、掛けさして頂きますと断って縁側に腰をおろした。

「いいお月さんですな」

と、そのまま空を見上げて辰次が言ったが歌麿は答えなかった。辰次は時たま歌麿の家に、あぶな絵を見せてもらいに寄ったり、一時は歌麿も顔を出していた狂歌の集まりに入っていたりして、くだけたところのある男だが、夜分に月見に誘いにくるほどの風流人ではない。夜歩きしているとすれば、それは夜に紛れて動く盗人《ぬすっと》かなんかを追っているのに違いなかった。辰次のそういうしたたかな一面を、歌麿はこれまで一度ならず見ている。

「何か御用の筋でもあるんですか」

と歌麿が言うと、辰次はわりあいあっさりした口調で言った。

「ちょっと先生にお聞きしてえことがありましてね」

「……………」

「下谷山崎町のお品という女を、先生はご存じですな」

「ええ、知ってますよ」

歌麿は眼を瞠った。一たんおさまった動悸が、また昂《たか》ぶるのを感じた。お品が何をしたというのだ。

「いまお品さんを絵に描いているところですよ。あのひとが何か？」

「いや」

辰次はちょっと下を向いて口籠った。

「お品がどうこうというのじゃありませんが、先生、その女に竜吉という男のことを何か聞いていませんか？」

「竜吉？」

歌麿は眉《まゆ》をひそめたが、やがて見当がついた。辰次は、お品が話した、あの若い男のことを訊いているのだ。

「お品さんに通ってきている、職人とかいう男のことですか。へえ、竜吉というんですか」

「いや、その男が竜吉かどうか、それがまだわからないんで聞きに来たわけなんですが、お品は男の名前を何と言っていました？」

「そこまでは聞いていませんな」

「男の背丈、人相なども？」

「聞いていませんな。私はただ、お品さんを好きで千鳥屋に通ってくる若い男がいると、冗談のようにいうのを聞いただけですよ」

「………」

「それはとも角、私がお品さんを描いているなどということが、よくわかりましたな」

歌麿はそのときになって、辰次がそこまで調べていることに腹が立ってきた。おぞましく、不快だった。絵描きが、誰をどう描こうと、お上の指図は受けないと思った。

「いや。別に先生を調べたわけじゃありません」

と辰次は言いわけをするように言った。

「そこは考え違いなさらんで下さい」

三月ほど前、蔵前通りから西に入った福富町二丁目で、和泉屋という太物《ふともの》屋に賊が入って、三百両という金を奪って逃げた。二人組の押し込みの足どりは、そのままぷっつりと絶えたが、最近になって、その一人が竜吉というやくざ者らしいという聞き込みが入った。竜吉は定まった職を持たず、賭場を渡り歩いて飯を喰っている男だったが、改革の取り締まりが厳しくなってからは、かなり落ちぶれた暮らしをしていた。そして一時仲間の前からも姿を消したが、つい半月ほど前、いい身なりをして浅《せん》草寺《そうじ》裏の奥山あたりをひやかしているのを、仲間の一人がみた。そのとき竜吉は、小遣いをやろうと言って、小粒二つをその男に握らせたというのである。こういう人相をした男だ、と辰次は人相書きを読みあげるように竜吉の特徴をあげてみせた。

「千鳥屋に、金遣いの荒い若い男が通っているというのは、あのあたりの茶屋、料理屋を片っ端から洗ってるうちに、聞きこんだことなんですがね。男のお目あてがお品という女で、その女をまた先生が絵に描いているということも、ついでにわかったようなわけで」

辰次はそう言って歌麿をみた。

「いま、千鳥屋のあたりを見張らせているのですがね。その男が竜吉と決まったわけじゃありませんが、千鳥屋で話を聞いたところでは、どうも人相が合ってる」

「親分」

歌麿はためらうように声をかけた。

「そのことを、お品さんにもう話したんですか」

「いや、まだですよ。今夜にも竜吉、いや竜吉かも知れないその男が網にかからなきゃ、お品にも手伝ってもらうしかありませんがね」

「それはちょっと待ってもらいたいですな」

と歌麿は言った。

「まだ絵が出来上がっていないもので。その、あの女をそっとして置いてもらうわけには行きませんか」

「絵ね」

辰次が首をねじ曲げて歌麿をみた。

「そんなわけにいきますかね。ま、先生のじゃまはしたくありませんがね」

辰次は立ち上がった。

「じゃ、あっしはこれから見張りに行きますんで。いや、夜分お邪魔しました」

辰次が去ったあとも、歌麿はじっと庭を見つめていた。

「おや、誰かひとが来ていたんですか」

という千代の声が後ろでした。

五

――こいつは仕事にならねえや。

歌麿は筆を置いた。眼の前にいるお品が、描きはじめたころとすっかり変ってしまったという感じがした。変ったのではなく、お品は昔の自分を取り戻したのかも知れなかった。いずれにしろ、お品の全身を皮膜のように覆い包んでいた、もの悲しいいろは消えてしまっている。

お品の顔には、一種の輝きのようなものが動いている。青白かった顔に、もも色の血の色が浮かび、瞳はきらめき、時おり深い息をして胸が動くと、そのあたりから生ぐさい生気のようなものが寄せてくる。

――男と、出来たのだ。

と思わないわけにいかない。

「お茶を一杯もらおうかね。お品さん」

と歌麿は言った。

「はい？」

お品は横むきに窓の方を眺めて坐っていたのだが、歌麿の声にあわてて振り返った。眼に少しうろたえた色があるのは、描かれながら、もの思いにふけっていた感じだった。

「もう、いいんですか」

「そう。大体済んだ」

お品は改めて不審そうな眼で歌麿をみたが、素直に台所に立って行った。

一人になると、不意に遠い昔のことが思い出された。幾つぐらいのときだったか、歌麿にはわからない。まだやっと物心ついた頃のことだろうと思われるひとつの記憶がある。

男と女が話している。「だいじょうぶかね？　眠ってるか」と男が言い、「だいじょうぶですよ」と母親が答えたが、そのとき歌麿は眼ざめていたのである。歌麿は息を殺していた。そうしなければいけないのだ、という気がしていた。歌麿を真中にはさんで、男は右側に、母親は左側に寝ている。月の光が蚊帳《かや》の中に射し込んでいた気がする。

市太郎と母親が呼んで、歌麿は軽く肩をゆすられたが、歌麿はいっそう息をひそめて眠ったふりをした。すると母親が起きあがる気配がして、寝ている歌麿の上を四つん這《ば》いにまたいで男の方に移って行ったのがわかった。またぐとき、母親のあたたかい息が、歌麿の顔にかかったのをおぼえている。

次の日の朝、歌麿が目ざめたとき、男はいなかった。母親は、歌麿が目ざめて外に出て行くと、井戸端から振りむいて、「よく眠れたかい」と言った。血色のいい顔をし、機嫌がよかった。

その夜の男を、歌麿は長い間、早く死んだ父親だろうと思っていた。だが二十を過ぎて男女のことがわかるようになった頃には、そうではないことがわかっていた。父親は、歌麿がほんの赤ん坊のときに死んだのだ。絵の師匠鳥山石燕が、あの晩の男でなかったかと疑った時期もある。石燕は歌麿が小さいときから、歌麿の家を訪れ、歌麿の画才を見つけ、母親が死ぬと、歌麿を引き取って絵の弟子にした。だが、歌麿のその疑いは、石燕に師事している間にあいまいな形で薄れてしまった。石燕の堅苦しい人柄が、あの夜の男とそぐわない気がしたのである。ただぽっかりと目覚めたその夜のひとときと、翌朝のひどく機嫌がよく若わかしくみえた母親の記憶だけが残っている。

今日のお品の顔に、歌麿は記憶にある母親の姿を重ねあわせていた。

「名前は何というひとかね」

「え？」

「その、あんたのいいひとの名前だよ」

「いやですわ」

お品は上体をくねらせた。男と寝ていることを隠していなかった。お品は、それでも小さい声で答えた。

「新蔵さんというんですよ」

「何をしているひとだね」

「商人だそうですよ。小間物を売って回ってる」

お品は頭から笄《こうがい》を抜いて、歌麿にみせた。

「これ、もらったんです」

「どれ、どれ」

歌麿は笄を受け取った。鼈甲《べっこう》づくりで、四分角のいい品物である。髪油の匂いがした。

「立派な笄じゃないか」

歌麿はお品に笄を返した。お品は腕をあげて髪に戻した。袖がめくれて、白い腕がみえた。お品は幸福そうにみえた。

「職人さんじゃなかったわけだ」

「初めは、そんなふうに言っていたんですよ」

「いい男かね」

「いやですよ、先生」

お品はぱっと赤くなった。

「そうだね。あんたの好みから言うと、身体はわりあい頑丈にできていて、顔はやや丸いか。背も高いか」

歌麿は、黒船町の辰次が言っていた、竜吉という男とは別の風貌を言った。お品から男の人相、風体を聞き出す気分になっていた。その男が、辰次が言うように、竜吉という男なら、お品がかわいそうだった。泣きをみるのは目に見えている。

「違いますよ」

お品はむきになった口ぶりで言った。

「背は高い方ですけど、痩せてます。丸顔なんかじゃありません。あたし丸顔のひとは嫌いなんですよ」

歌麿は胸が少し波立つようなのを感じた。新蔵というその男の風貌は、辰次が言った男とやはり似ているように思われた。

「で、もう約束しちゃったわけだ」

「いいえ」

お品は、歌麿が意外に思ったほど、きっぱりと首を振った。

「あたし、まだ迷ってるんです」

「先方は一緒になろうと言ってるんだね」

「ええ、そう言ってくれるんですけど、なにしろ、こっちは子持ちでしょ。年は上だし、いろいろとひけ目がありますから。ふんぎりがつかないんですよ」

お品は考えこむように、顎を襟に埋めた。だがその様子には暗い感じはなく、どことなくなまめいた風情があった。

「でも、三日にあげず会ってるわけだろ、千鳥屋で」

「この頃お店じゃ会ってないんですよ」

お品が不意に顔をあげて言った。お品は恥ずかし気に笑っている。

「へえ？」

「お店で少し評判が立ったもんですから、あのひといやがって」

お品は、あのひとという言い方をした。

「へえ、上野の出合茶屋にでも行ってるのかね」

「そうじゃないんですけど」

お品は口を濁した。

――男が用心したのだ。

辰次が言った竜吉というのが、その男に間違いないと歌麿は思った。昨夜また辰次がきて、千鳥屋を張っているが、野郎はさっぱり姿をみせない、お品を締めあげるがいいか、と苛《いらだ》立った口調で言ったことを思い出している。捕まらないはずだった。男は河岸《かし》を変えたのだ。

「今度、お光も一緒で向嶋に遊びに行くんですよ」

と、お品が言った。

「あのひとが一度子供に会ってみたいと言うもんですから」

歌麿は、蕎麦《そば》屋を出てお品の家に行ってみた。閉まっている戸に手をかけてみたが、戸は開かなかった。お品は出かけるときは表に心張棒をかって、裏口から出る。まだ帰ってきていないのだった。

茫然と歌麿は家の前に立ちすくんだ。自分がしたことのために、お品親子がもはやこの家に戻れなくなってしまったような、不吉な感じがした。

お品は今日、新蔵という男と八ツ半（午後三時）に、向嶋の長命寺の境内で会う約束をしていた。そしてその時刻には、辰次とその手先が、同じ境内に潜んでいた筈だった。辰次に、お品が新蔵に会うことを告げたのは、歌麿である。言ってしまったあと、思いがけなく人の運命に立ち入ってしまった後悔と不快な気分が歌麿を訪れたが、しかし新蔵という男が、辰次が言う押し込みの賊でなければ、どうということはないのだし、また男が竜吉というその危険な悪党だとすれば、みすみすお品が破滅するのを見過ごしには出来ないと思い直したのであった。

歌麿は今日、落ちつきなく八ツ刻（午後二時）頃には家を出た。そして山崎町のお品の家のあたりをうろつき、足が疲れるとしる粉屋に入ったり、蕎麦屋に入って喰べたくもない蕎麦をすすったりして、親子が帰ってくるのを待っているのである。

だが帰りが遅すぎた。短い秋の日は、もう町に暮れいろを漂わせ、空は少しずつ西の方から赤く夕焼けてきているようだった。上野の山かげのあたりから、北東の空にかけて鱗雲がひろがり、雲はもも色に輝いている。

「さて、と」

呟いて足を返そうとした歌麿の眼に、幡随院の北側の通りの方から角を曲がって、山崎町の町並みに入ってきた二つの人影が映った。手をつないだお品とお光だった。

歌麿は安堵の溜息をついた。親子が近寄ってくると、歌麿はさりげなく声をかけた。

「ちょっとそこまで来たもんだから寄ってみた」

「………」

お品は黙って歌麿を見つめている。

「どうだったね、向嶋は」

「泥棒だったんですって、あのひと」

唐突にお品が言った。感情の籠っていない棒のような言い方だった。

「………」

「叩かれて、縛られて、みっともなかったんですよ」

お品は空虚な表情をしていた。肌が内側からどよめくようだった輝きが消えて、顔は白っぽく粉を吹いたように荒れている。

「それは、ま」

しばらくたって、歌麿がぽつりと言った。ちょっとうなずくようにして、歌麿が背を向けようとしたとき、お品が言った。

「知っていらしたんでしょ、先生」

歌麿はむき直ってお品をみた。お品の眼に憎悪の色がないかと探ったが、表情のない、お能の面のような顔が、薄闇の中からこちらをみているだけだった。

歌麿は空を見上げた。夥《おびただ》しい鱗雲が空の半ばを埋め、一面に赤く染まっている。竜吉という男のことを、辰次に告げたのは、やはり嫉妬のためだったかも知れない、と歌麿は思った。お品が泣きも笑いもせず、秋風に吹かれる木のように立っているのをみれば、自分のしたことが卑劣で、無駄なことだったことがわかる。

苦い気持で、歌麿は燃えるような鱗雲を眺め続けていた。

霧にひとり

一

「遅くなりました」

千代が部屋にきてそう言ったとき、歌麿は反射的に腰を浮かせた。少しあわてていた。

「おや、おでかけですか」

歌麿がそそくさと絵筆をかたづけはじめたのをみて、千代は驚いたように声をかけた。

「うむ、ちょっと出かけてくる」

歌麿は、衣桁《いこう》の羽織に手をのばしながら、お千代の顔はみないで、言った。

「風邪はもうなおったのかね」

「ええ、もう大丈夫です。ご心配をかけました」

と千代は言った。

「竹麿さんたちは?」

「二人とも使いに行っている。芝の和泉屋と、浅草の近江屋だが」

「それじゃ何か買ってきて、ご飯の支度をしないといけませんね。先生は、夜はどうしますか?」

「私は、酒を飲むから結構です。あんたは、子供たちと喰べるといい」

外に出るとほっとした。一町ほどの道を、いそぎ足で歩き、それから漸く足をゆるめた。豊島町と富松町との間の、くの字に曲がった町筋を抜けると、午後の白い日を浴びている神田川の土手に突きあたった。

——女というものは、大したものだ。

土手沿いの道を、ゆっくり浅草御門の方に歩きながら、歌麿はそう思った。八ツ時(午後二時)を過ぎたばかりだろうと思われるのに、もう地面に落ちる影が長い。日は一日ごとに短くなっていた。

千代が、気分が悪いと言い出して、突然倒れたのは一昨日の夕方である。額に手をあてみると、びっくりするほどの熱だった。歌麿は、あわてふためいて二人の弟子を呼び、千代を布団に寝かせると、近所の医者を呼ばせた。診断《みたて》は風邪だった。

医者が置いて行った薬を飲んだあと、千代がこんこんと眠ってしまったので、歌麿は竹麿を相生町の千代の家に走らせて、一晩泊めるからと知らせた。誰か看病人が来るかと思ったが、誰も来なかった。ただの風邪だとわかり、一応の手当ても済んでいたから、それはそれでいっこうに構わなかったが、歌麿はそのことでなんとなく千代の、家の中の位置がわかったような気もしたのだった。

千代の家は、母親が三年ほど前に死んで、年とった父親はいるが、商売は兄夫婦が切り回している。不縁になって家に戻り、そのまま絵など描いている千代は、家の中でそう大事にはされていないかも知れない。花麿と竹麿の二人を寝かせたあとも、千代の額の濡れ手拭いをかえてやりながら、歌麿はそう思った。

行燈の光の下で、千代は眼ざめる様子もなく眠り続けていた。歌麿がはじめてみる千代の寝顔は、わずかの間に少しやつれたようにみえた。その顔が、まだ十分に美しいものの、もう若くはないのを、歌麿は黙って眺め、少し感傷的な気分に囚われるのを感じていた。十四のとき、母親に連れられて絵を習いにきた少女が、いまそれなりの暮らしの年月を刻んだ顔を仰向けて、こうして眠っている。まだ定まる家もなく、ここに眠っている、という気がしたのだった。

医者の薬がきいたとみえて、昨日の夕方になると、お千代の熱はだいぶさがった。夜は床に起き上がって、花麿が炊いた粥《かゆ》を喰べるほど回復したが、大事をとってもう一晩泊まることになった。そんな千代としばらく話したあと、寝間に引きあげようと行燈を消してから、歌麿が、不意に布団の上から千代を抱きすくめて唇を吸ったのは、千代の寝顔をみたときからの、感傷的な気分が残っていたせいかも知れなかった。唇を吸われて、千代は一瞬、石のように身体を固くした。

だが歌麿はそこで踏みとどまっていた。身をひるがえして、女の髪の香と肌の匂いが籠る闇から逃げた。

今朝歌麿が眼をさましたとき、千代はいなかった。花麿に問いただすと、明け方家を出て行く物音を聞いたと言った。

——お千代はもう帰って来ないかも知れない。

花麿からそう聞いたとき、歌麿はふとそう思ったのだった。

ところが千代は、午後にはやってきた。来ただけでなく、昨夜そんなことがありましたか、といった顔をしていた、と歌麿は思うのだ。千代はけろりとして、いつもの千代だった。狼狽したのは歌麿だけである。

——女はわからない。

と歌麿は、千代に対する感嘆を、女一般に対する嘆声にまで敷衍《ふえん》してみる。長い間女を描いてきて、それでいてというかそれだからというか、一方に一そう女のことがわからなくなったという気持がある。いまの唐来三和などと、吉原や岡場所で遊び暮らした若い頃、女などちょろいものだと高をくくった時期がある。女のことなら尻の穴まで読みとったという気がし、食傷気味だった。簡単に惚れ、簡単に別れることを繰り返し、男女の仲などというのは、その程度のものだと悟った気分で、そういうことで傷つくこともなくなった。ところが、四十を越えて、また女のことがわからなくなったようだった。

たとえば若い頃別れた女たちにしても、いまになってその女の何気ない言葉やそぶりに隠されていた、したたかなものに思いあたったりする。わかっていたと思うのは、単に十分に見えなかっただけに過ぎないと、いまでは思う。死んだ女房のおりよには惚れていたし、心を許し合っていたつもりだったが、おりよだってどういうつもりでいたか、ほんとのところはわかりはしない。とどのつまり歌麿はそんなことまで考えてしまう。

わからないものはこわいのだ。若い者は、しあわせなことに、そのこわさが見えない。だから、時どき露出する女のこわさに首をかしげることがあっても、なんとかやって行く。だが四十の坂を越すと、そうはいかない。若い者の元気はないから、臆病になる。

――お千代だって、わかるもんか。

千代と暮らすことにしたら、さぞ安気《あんき》だろうと思う一方で、歌麿はそう思い、億劫《おっくう》な気分になる。さわらぬ神に祟りなしという感じになる。

だがゆうべは、はからずもその神様にさわってしまったのだ。さわられて、神様に反応があるべきなのに、何もないところが無気味だった。いまにひどい祟りがあるような気もする。

歌麿は、浅草御門から、人と車が混みあっている御蔵前を抜け、諏訪町の桐屋まで歩いた。歌麿は歩くのが好きで、深川とか、浅草、上野のあたりまで出かけるのを何とも思わない。人ごみにまじって、通りがかりの店先をのぞいたり、行きかう女を品定めしたりしてぶらつくのが楽しいのである。だが近頃のように、朝晩冷えこむようになると、遠くまで歩くのが少し億劫になった。版元の連中と飲んだりするのも、両国、柳橋近辺から、せいぜい駒形あたり、それも帰りには駕籠《かご》を呼んでもらったりする。そういう自分に、年を感じないわけにいかない。

桐屋の二階に上がって、顔馴染のおはまという女中頭とむかい合うと、歌麿は、

「酒はまだいいよ」

と言った。

「そうですか。どなたか後でみえるんですか」

おはまは、いつも笑っているようにみえる、尻下がりの眼で歌麿をみた。歌麿は、誰かを飯田町にやって、馬琴を呼んでもらえないかと言った。

「夕方まででいい。べつにいそぐことはないから」

「かしこまりました。あの中坂の伊勢屋さんですね」

おはまは請合ったが、不審そうな眼をした。

「あの身体が大きい旦那さんは、むかし、絵でも描いた人なんですか、先生」

前にも一度呼んでもらったことがあるので、おはまは馬琴の顔を知っているが、歌麿が話していないから、正体までは知らない。

「あれは物書きの先生でな。虱《しらみ》道行とか御茶漬なんとかという面白い本を書いている。あんた読んだか」

「いいえ」

おはまは首を振ったが、そうですか、とやっと納得したようにうなずいた。

「お呼びしますけど、それまでどうなさいますか」

「わたしはここで、一眠りさせてもらうよ」

「お布団を敷きますか」

いやこれでいい、と言って歌麿は部屋の隅から座布団を二つ持ってきて、敷きならべた。じっさい南向きの障子は日に赤らんで、手焙《てあぶ》りを置いた部屋の中は、羽織をぬいでもあたたかいぐらいだった。

「でも、それじゃ風邪をひきますよ。じゃ掻巻だけ持ってきましょうね」

「あのな、ちょっと」

歌麿は横になりかけた身体を起こして、おはまを呼びとめた。

「さっきこの家に入るとき、ここの女中さんらしい人と、四十恰好のお武家が入口の脇で話していたが、あれは新しい女中さんかいね」

「せんせえ」

おはまは障子のわきにしゃがむと、歌麿を流し目で睨んだ。

「ほんとに眼が早いんですから」

「おい、私はまだ何も言っていないよ。ただ見かけない人だから聞いただけだよ」

「そうよ。来たばっかりで、おさとさんというひと」

「で、あのお武家さんは、お客かい？」

「それがね、先生」

おはまは一たん開けた障子を、また閉めて歌麿のそばにきた。

「お客さんなんですけどね。ただのお客さんじゃないんですよ」

「……」

「お旗本なんですってよ、あの方」

「旗本だって？」

歌麿は、さっきみた、それらしくは見えなかった武士の姿を思い描いた。

「お旗本といっても、役はない方だそうですけどね。おかみさんの話だと、おさとさんは、あの方の口利きで、ここに来たらしいんですよ」

「……」

「ね。何となくわかるじゃありませんか。先生、手ぇ出したらだめですよ」

「ふうむ」

歌麿は、もう一度さっきみた風采のあがらない、青白い顔をした中年の武士と、利口そうな黒い眸を持つ女を思い出していた。

二

「どうも商売というのは、やはり私の性には合いませんなあ」

ひとところおり血管に酒気が行きわたったころ、馬琴は愚痴をこぼした。

「それもですよ。筆墨を商うとか、刀剣を扱うとかであればまた別です。履物ですからなあ。人が足に履くものを売るというのは、これは銭だけの話ですよ」

「それはね」

歌麿には馬琴の愚痴がくだらないものに聞こえた。大きななりをして、三十に手がとどこうという男が、何を言ってるかと思う。

「あんたが、おれは元をただせば武家の出だと、心の底にその気持があるからじゃないのかね。ぜいたくとは言わんが、そいつは商売の邪魔になるばかりで、何の得にもなりませんよ。銭だけの話、結構じゃないですか。あんたは、いまとりあえずは伊勢屋の主《あるじ》なんだから」

「そう、あたしはたしかに、伊勢屋清右衛門に違いありません」

馬琴は酔いに染まった顔をあげて、正面から歌麿をみた。

「それが怖いんですよ。履物屋の主清右衛門で、このままずーっと行ってしまうんではなかろうかと」

「……」

「近頃婿になったのを少し後悔してます」

「それじゃ話が違うんだ、番頭さん」

と歌麿は、以前そう呼んだ癖が出て、そう言った。

「履物だから、筆墨だからということじゃないね。商売と物書きと、両方は難しいという話なんだ、あんたの話は」

「……」

「筆屋をやってごらんなさい。あんたは、筆など売ってても、いっこうにつまらんと言い出すに決まっています」

「そうかも知れません」

「でもおかしいね」

歌麿は首をひねった。

「婿になるのは、一所懸命に物を書くためだ、とえらい勢いだったじゃないか。物書くひまがないほどいそがしいのかね」

「そうでもないですが……」

馬琴は手をあげて、ぽりぽりと月代《さかやき》を掻いた。その大きな身体は、歌麿がいつもそう思うように、自分でもどうしようもない悩みを一杯詰めこんでいるようで、いまの動作にも、なんとなく中に詰まっている悩みを掻きむしったような、滑稽な感じがあった。

「ばあさんが一人いましてね。これが結構うるさいことを言うし、もうひとつはさっき言った気分の問題です。こうやって、おれは履物など売っている、と考えると、いても立ってもいられない気持になりますなあ」

馬琴がそう言ったとき、廊下側の障子のそとで、「ごめんください」とおはまの声がして、すぐに障子が開いた。

冷えた空気が入りこんできて、歌麿は顔を上げたが、おはまの後から、さっきみたおさとという女中が入ってきたのをみて、酔眼を瞠った。

「ごめんなさいね。下がたてこんで手が離せなくなったものですから、お酌も出来なくて」

おはまは弁解しながら、手早く銚子をとりかえた。

「このひとが手が空きましたから、お酌させます。あたしのようなおばあちゃんより、若いひとの方がよろしいでしょ？」

おはまは細い垂れ眼が、見えなくなるほど満面に笑いを浮かべてそう言った。

「例の蔦屋の役者絵だがね。わかりましたよ」

おさとを残して、おはまが階下に降りて行くと、歌麿はそう言った。

「え？」

馬琴は、何か別の考えにとらわれていたらしく、歌麿にそう言われてあわてて顔をあげた。その顔に笑いかけて、おさとが、

「おひとついかがですか」

と銚子をさしむけた。

「なんですか。役者絵というのは？」

酒をついでもらいながら、馬琴は中途半端な訊ね方をした。

「ほら、あんたも言っていたろうが。蔦屋が誰か役者絵を描く人間を見つけたらしいって、言ってたじゃないか」

「ああ」

馬琴は、漸く話の筋がのみこめたらしかった。

「誰ですか。その男は？」

「写楽というそうだよ」

「写楽？」

馬琴は怪訝な顔をした。

「聞いたことがありませんなあ」

「むろん聞いたはずがないさ」

歌麿は笑った。

「新しく出てきた絵描きです」

「はあ。なるほど」

馬琴はうなずいた。

「やっぱり蔦屋ですな」

「そう、やっぱり蔦屋だ。やるもんだ」

「で、どうなんです」

馬琴の眼に好奇心をそそられた色が浮かんだ。

「絵は、うまいですか」

「うまいね」

歌麿は即座に言った。

「うまいんだが、それが妙な絵でね。役者を描いているんだが、その役者のきれいなところを、わざとぶち壊しているようなところがある。たとえばさ、二代目瀬川雄次郎を、わざと本名増吉で描いているようなところがある」

「ははあ」

「わたしはその絵を蔦屋にみせてもらったんだが、いやな絵だと思った。そう、正直な話ですよ。ところがだ。何日か経っても、その絵が頭ん中に残っている。これは大したものだと思わないかね、番頭さん」

「………」

「そのわけは、あんたにもおわかりだろ？　つまり、その写楽という絵描きは、これまで誰も描いたことがないような、そういう役者絵を描いているわけですよ」

「さっき新人だと言いましたが、どういう素姓《すじよう》の男なんですかね」

馬琴が酒に濁った眼を光らせた。

「それがさ。蔦屋が何も言わんからわからない」

「先生は、その絵描きをまだ見ていないんですか」

「うん」

歌麿は苦笑した。

「あれから二、三度蔦屋に行っているが、影も形もみたことがない。蔦屋がよっぽど大事にしてどっかに隠しているらしいね」

「あたしもやりますよ」

馬琴が不意に喉を掻きむしった。

「ここまで出てきているんだ。先生がさっき言った、誰も描いたことがない絵がですよ」

おさとが、歌麿にそっと身体をすり寄せてきた。なに、心配することはない、と言って歌麿はおさとの肩を叩いた。

「この男は曲亭馬琴という本書きでな。世間があっと驚くような読み物を書きたいと思っている。だが、それが書けそうで書けないもんで、ああしてもがいているわけだ」

「もがいてなんかいませんよ」

うなだれていた顔をぐいとあげて、馬琴は歌麿とおさとを睨んだ。

「何を書けばいいかはもうわかっています。滝沢馬琴は、御茶漬十二因縁とか、虱道行とか、くだらん黄表紙を書くべきじゃないのです。唐の国境《くにざかい》に連なる長城のような、壮大な読み物を書くべきですよ。それは、もうわかっている」

馬琴は、またがくりと首を垂れた。そして間もなく寝息が聞こえた。据わりのいい岩のように、身じろぎもしないで、馬琴は胡坐《あぐら》のまま眠っている。

「眠ったんでしょうか」

おさとが酒をつぎながら、歌麿に言った。

「そうらしいね。なに、心配することはない。あんたと飲みなおそう」

歌麿は、おさとにも酒をついでやった。おさとは、両掌で盃をうけると、眼をつぶり、少し眉をしかめるようにして、ひと息に飲んだ。仰向けた喉が、一瞬なまめかしく歌麿の眼をひきつけた。

——おや。

歌麿は改めておさとを見直す気分になっていた。新しい女中がきている、とは思ったものの、歌麿はべつにおさとに興味をひかれていたわけではない。利発でおとなしそうな子だと見ただけだった。事実おさとは、酒をつぎながら、自分からは何も口をはさもうとせず、ひどく無口な感じがした。黒眸の大きい少し下ぶくれの顔も、可愛い感じはしても、女の稔りにはほど遠い稚《おさな》い感じが残っている。

だがおさとがみせた盃のあけっぷりは、歌麿の観察を裏切るようなところがあった。女くさかった。

「あんた、わたしに絵を描かせないかね」

と歌麿は言った。おさとに興味をひかれたから言い出したわけではなく、鶴喜の番頭六兵衛から催促されている絵に、おさとがぴったり合う気がしたのである。

三

初めみたときの印象に変りなく、おさとはやはり無口なたちだった。そのため絵を描きいいともいえ、また描きにくいともいえた。

下絵を描く前、一刻近くは、歌麿は女とお茶を飲んだり、場合によっては軽く一杯やったりして世間話に時間をつぶす。その間に女の暮らしのことを少し探ってみたりする。

そういう一見無駄にみえる時を過ごす間に、女のことが少しずつわかり、また相手に自分のこともわからせることが出来た。そうしてある程度わかり合えた空気が出てくると、相手の緊張がとけ、それまで見せなかった生の表情が出てきて、筆を走らせるきっかけを与えたりする。

「するとあんたは、その古賀というお旗本のところに、五年もお勤めしていたわけだ。だいぶ小さいときご奉公に上がったんだな」

するとそれまで、ええとか、はいとか口寡《すく》なに答えていたおさとが、笑いを含んだ眼で歌麿をみた。

「小さいときって、先生。あたしを幾つだと思っていらっしゃるんですか」

「十八」

と歌麿は言った。はじめてみたときから、それがいい見当だと思っていたのである。

「あたったろう？」

「十八ですって」

おさとの頰のえくぼが深くなった。

「そんなに若くみて頂いて、どうも有難う」

おさとは月並みな科白《せりふ》を言った。

「でも、先生のおめがね違いですよ。あたし、お正月がくると二十一なんです」

「へえ？」

歌麿は正直のところ、びっくりしていた。

「二十かい。そうはみえないね。十八という見たてには自信があった筈なんだが」

「ふ、ふ」

「すると、何だろ……」

歌麿は餅菓子を、皿の上で黒文字でちぎりながら言った。

「あんたのこの器量じゃ、もう二、三人は男を泣かせているね」

「いいえ」

おさとはきっぱりした口調で言った。

「不義はお家のご法度《はっと》でしたから」

「ははあ、そういうことがあるか。お武家というのは堅苦しいもんだね」

「……」

「どういうわけで、そんな堅苦しいお屋敷勤めをしたものかね」

おさとは寺島村の百姓家の生まれだが、村の真光寺という寺が旗本の古賀家の菩提所だった。おさとは、十五のときに、真光寺の住職の口利きで、本所御竹蔵の北にある古賀家に奉公に上がったのである。旗本といっても、古賀家は当主の庄左衛門の親の代からの小普請《こぶしん》組で、禄高は二百五十石に過ぎなかった。

庄左衛門夫婦には子供がなく、親戚から養子をもらうことが決まっていたが、まだその子供は引き取っていなかった。おさとが行ったときは奉公人が四人いた。安田という、先代から仕えている年寄りの家士と、若党一人、おさとを入れて女中二人である。だが、おさとが奉公に上がった二年後に、安田が死ぬと、奉公人は三人だけになった。

庄左衛門の妻女は、病身で寝たり起きたりしていたが、金銭のことに口やかましいたちで、古賀家の暮らしぶりはつましいものだった。養子を決めていながら、まだ引き取っていないのも、そのへんに理由があるようだった。

そんなことを、ぽつりぽつりとおさとは話した。

「なるほど、それだけの人数じゃ、ご法度もなにも相手がいないだろうな」

と歌麿は言った。おさとは黙って笑っている。心を開いていないという感じではなくて、そういう控えめな態度が、この女の持味のようだった。

「しかし、今度はあんたが、そういうお堅いところから料理茶屋なんぞに勤め替えしたのがわからないね。なにか、わけがあったのかね」

歌麿が言うと、おさとの顔が少し赤くなった。

「いいえ。ただもうそろそろ年なものですから、世間に出た方が、嫁入りの口もあるだろうと、殿様がおっしゃって」

「なるほど、お屋敷にくすぶっていては、嫁のもらい手もないというわけだ」

おさとは、つつましくお茶を飲んでいる。そういう行儀も、その口やかましいという古賀の妻女がしつけたのかも知れなかった。

——生真面目で利口な女だ。

と歌麿はおさとを鑑定した。だがこの生真面目なところは、別に絵にするのに邪魔になるわけではない。いままでにない清楚な感じの女絵が出来る気もする。おさとのように、男の手垢がまったく感じられない女も珍しかった。

——いや、待てよ。

歌麿は、はじめて言葉をかわした夜のおさとを、ふと思い出していた。白い喉を仰向けて、ひと息に盃をあけた一瞬の動作に、ひどくなまめかしい感じがあった。あれは何だろうと思ったのである。だが、歌麿がそのときみたのは、もう二十だという、おさとの年だったのかも知れない。

「先生、開けてもよろしいかしら」

廊下に足音がとまって、おはまの声がした。

「いいよ」

歌麿が答えると、満面に笑い皺をきざんだおはまが入ってきた。

「お仕事のところを相済みませんね」

おはまは、小肥りの身体を、歌麿の横にどっしりと据えた。

「じつは米沢町の豊田屋の若旦那が来ましてね。おさとさんはいないのかって、やかましくおっしゃるものですから。先生にお願いしてみろって、おかみさんがいうもんで」

「もう、そんな時刻かい」

歌麿は眼を挙げた。みると西側の明りとりの障子が赤く染まって、部屋の中にはうっすらと暗いものが漂っている。

「いえ、まだお約束の時刻には少し間があるんですよ。だから先生がいやだとおっしゃれば、無理は申しあげるなとおかみさんに言われましたけど」

「ま、いいさ。みたとおりで、このひととお喋りしていただけでね。一所懸命に描いてるというわけじゃないんだから」

と歌麿は言った。

「おさとさんというお名指しなら結構なことだ。このひとは、これから嫁に行くんだから、うんとモテるほうがいい」

「先生」

と言って、おさとは含み笑いをした。

「いいよ、下に行っても」

歌麿に言われて、おさとはごめんなさいというと部屋を出て行った。

「すみませんでした、先生。なにしろ豊田屋の若旦那、栄次郎さんというんですけど、このひとおさとさんにご執心なんですよ。ほら、日をあげずって言うでしょ。あれですよ、通いづめ」

おはまの口調には、少し嫉妬めいたひびきがまじっている。客扱いが上手で、おはま、おはまと、客の間で評判はいいが、女中頭のおはまは出戻りの二十八で、その人気は色気抜きのものなのだ。

「でも悪いことじゃないよ。桐屋だってもうかるだろうし」

「それはそうですけど」

おはまはまだこだわっていた。

「でも、おさとさんは決まったひとがいるんじゃないかしら」

「誰だね？　そんなひとがいるのかい」

「あの殿様。もっともこれはあたしの勘ですけどね」

「まさか」

と歌麿は言った。前にもおはまは、ちょろっとそんなことを洩らしたが、それは違うだろうという気がする。女好きな人間は四十になろうが、五十になろうが、まめに女漁《あさ》りするだろう。しかしちらとみただけだが、古賀庄左衛門という武士はそんな風にはみえなかった。痩せた貧弱な体格で、青白い顔をし、生真面目そうな印象が、おさとと好一対だった印象が残っている。若い女と、味な間柄になるほど、甲斐性のある人物には見えなかった。

「かりにそんな仲だとしたら、料理屋勤めなどさせんだろう。小粋なしもた屋でも借りて、囲うだろうよ」

「先生、そりゃ甘い、甘い」

おはまは手を振った。

「古賀さまっていうところは、うちの旦那さんの知っている家だけど、お旗本とは名ばかり。そりゃ貧乏なお屋敷なんですから」

「勤めさせて通うほうが、安上がりか」

「いえ、いくら貧乏だって、お旗本ですから、ここにしげしげ通うというわけにもいかないんでしょ。案外上の方が厳しいらしいですものね。二度ほど、ご飯たべに寄っただけですよ。それも昼の間に」

「……」

「でもあの二人、きっとどこかで逢ってますよ。あたしの勘はあたるんですから」

「そうかね」

「おや、お喋りし過ぎちゃった。下に行かなくちゃ。先生は、どうなさいます?」

「とんびに油揚さらわれて、あと帰んなってえのはひどいよ」

と歌麿は言った。

「熱かんにして、お酒もってきな」

四

五ツ(午後八時)という遅い時刻に、歌麿は両国の水茶屋で、お茶を飲んでいた。芝神明前の版元和泉屋の主人市兵衛と、久しぶりに門前仲町の山本で飲み、そこから駕籠《かご》をもらって帰ってきたのだが、両国の橋を渡ると、急に熱いお茶が飲みたくなってそこで駕籠を返したのである。

――商売というものは厳しいものだな。

まだ酔いが残っている頭で、歌麿はそう考えていた。泉市の浅黒い精悍《せいかん》な顔を思い出している。泉市の話は、新しい絵の注文だった。だが歌麿は、最近描き過ぎている気がしている。売れない絵を抱えて、西村屋に日参した昔を考えれば、注文をことわるなどということは歌麿には出来ない。そんなことをしたら罰があたる、と思う。また、やれと言われて出来ないとは言い辛い、職人気質のようなものも心の中にある。だがそうやって次次に注文をこなすと、やはり出来上がりは味の薄いものになった。それがわかっているので、泉市の話にも気が乗らなかった。ところがつい引き受けてしまったのは、先方が「一度よそに描いたものでも結構ですよ」と言ったからである。それならと言ってしまってから、歌麿はたちまち後悔したが、後の祭りだった。

考えてみれば、泉市は歌麿の芸はともかく名前が欲しいと言ったわけだった。これは取りようによっては歌麿の芸を侮辱したことになる。薄味を気にしながらも、歌麿は懸命に描いているつもりなのだ。

しかし、この話のあと、泉市が蔦屋の役者絵の話を持ち出してきたとき、歌麿は泉市が会いたいと言ってきた本当の目的がわかり、その非礼を許す気になった。さすがに商売で、泉市は写楽という蔦屋の新人の名前を摑んでいた。そして、しきりにどういう絵かを歌麿にただした。歌麿と山東京伝が、蔦屋の店で、その新人の絵をみたことまで、どういうわけか筒抜けになっている。

蔦屋への義理を考えて、歌麿ははじめのうち話すことをためらったが、結局話して聞かせた。あの絵の奇怪な新しさは、どうせ話だけでわかる筈がないと考えたのである。泉市は、根掘り葉掘り歌麿を問いつめたが、はたしておしまいには「ふーむ」と唸って、困惑したように腕組みしてしまったのだった。

——いまごろは、飲ませて損したと思っているかも知れんなあ。

歌麿は気持いい酔い心地の中で、思わず頰の肉をゆるめそうになった。熱い茶がうまい。

——おや。

そのとき店に入ってきて、頭巾を取った武士の顔をみて、歌麿はびっくりした。武士は古賀庄左衛門だった。

庄左衛門は店の中に立って、誰かをさがす眼つきでぐるりと腰掛けている人間を見渡したが、行燈の光の下に目指す相手がいなかったらしく、ゆっくり歩いて、歌麿の掛けている場所の後ろに回った。柱をへだてて反対側の席に掛けた気配で、茶を言いつける低い声が聞こえた。

——こいつは悪いところに来あわせた。

庄左衛門の様子からみて、誰かと待ちあわせていることは明らかだった。その相手というのがおさとかも知れない、と思ったのである。おはまが言ったことを、歌麿は信用したわけではない。むしろ、そんなことがあるものか、と腹の中では笑っていたのである。

だが小普請組とはいえ、旗本の古賀庄左衛門が、人眼を忍ぶ恰好で、この時刻に水茶屋などに現われたところをみれば、おはまの言うことも馬鹿に出来ないかも知れないという気がしていた。

それでも歌麿が席を立たなかったのは、強い好奇心のせいだった。歌麿は女中を呼んで茶を換えてもらった。そしてじっと待った。うしろで、古賀庄左衛門が茶を啜《すす》る音がした。

だが庄左衛門の相手は、それから小半刻も経たないうちに現われた。その男がいつ来たのか、歌麿は気づいていない。

「殿様をお待たせしちゃ悪かったかな。へ、へ」

と、その声は言っていた。

「用事というのを、早く申せ」

庄左衛門の声は低く、どこか沈痛なひびきを帯びているように、歌麿には聞こえた。

「金ですよ、殿様」

男の声は、まだ若かったが、ふてぶてしく聞こえる。

「お手紙で言ったように、口止め料を頂きたいわけで、へい。それが頂けなければ、女のことを奥様に申しあげますよ。女とは切れておりません。諏訪町の料理屋に住みこませて、相変らず会っています、とまあ、こんなふうにご注進におよんだら、むこうからご褒美を頂けるかも知れませんし」

「貴様、主人を威《おど》す気か。そんなことをして、ただで済むと思っているか」

「おや。主人面はやめて頂きましょうか。もうお屋敷をやめさせられて三月になりますぜ」

「貴様がこんなやくざ者と知らずに雇ったのが間違いだった」

「ま、それはいいじゃありませんか。殿様が女といちゃついていたのは事実なんだし。それより金の話を決めて下さいな」

「そんな金が、わしにあるわけはない」

「そんなことおっしゃっていいんですかい。後をどうするつもりか知りませんが、殿様は世話役をなすっていて、組の小普請金を集めていらっしゃる。その金で女と遊んだでしょうが」

「……」

「お顔の色が悪うござんすよ。ヘッヘ」

男の声は、庄左衛門をなめ切っている。

「女と遊んでいい金なら、こっちにも口止め料を少し回して頂きたいわけで、ええ」

「……」

「それとも御支配さまに、投げ文でもしましょうか。でもそうなると、腹切りものですぜ」

長い沈黙のあと、庄左衛門が女を呼んで金を払い、それから二人で出て行く気配がした。その気配を、歌麿は身体を固くして聞いていた。酔いがすっかり醒めていた。

五

「豊田屋の若旦那というのは、だいぶあんたに惚れているらしいね」

歌麿はせっせと焼筆《やきふで》を動かしながら言った。

「おはまさんが岡焼半分で、そう言ってたな。おはまさんがあんまりそういうから、こないだ、その若旦那をのぞいてみたが、なかなか男前じゃないか」

おさとは黙って微笑している。午過《ひる》ぎのまぶしいほど明るい日射しが、障子の内側に溢れ、その光の中におさとのほっそりした姿が浮かびあがっている。

化粧気のない下ぶくれの頰に、うっすらと血のいろがひそみ、どこかに少女めいた感じを残している。

「痛かったら足を崩していいんだよ。いまは顔を描いているから」

と歌麿は言った。この清《すが》すがしい感じさえするおさとが、あの風采のぱっとしない古賀という四十男と寝たのか、と歌麿はまだ首をひねる気持だった。

だが半月ほど前、よし野という両国の水茶屋で、古賀とやくざ口調の男が密談しているのを聞いたことは事実だった。その男が言っていた古賀の女というのが、眼の前のおさとであることは、まず疑う余地がないのだ。おはまの勘には半信半疑だった歌麿も、いまはそう考えざるを得ない。

だが、そいつは何かの間違いだ、と歌麿は思う。おさとは男を知らないから古賀にだまされているだけで、古賀はああみえて案外な好色漢に違いないのだ。そういう男とはきっぱり手を切って、おさとは自分にふさわしい若い男と所帯を持つべきなのだ。そうでないと、いまに大変なことになる、と歌麿は思う。

「あんたは、栄次郎というあの若旦那が嫁にきてくれというのを断ったそうだね」

「……」

「それで若旦那はますますのぼせて、こないだは親まで連れてきたのに、あんたは逃げ隠れして、会おうとしなかったとおはまさんが呆《あき》れていたよ」

おさとが、くすっと笑って首をすくめた。

「豊田屋ていうのは、わたしも通りすがりによくみるが、小間物卸で裕福な家だと聞いているがねえ」

「でも、虫が好かないんです」

おさとは小さな声で言った。じゃ、古賀庄左衛門は虫が好くのか、と歌麿は思った。そういう気持の動きには、何も知らずに男にだまされているおさとに対する苛立ちがある。古賀の名前を出せないために、歌麿はよけいいらいらする。

「それに、あんまりお金のある家は、嫌いなんです」

「貧乏が好きというのは、あんたも変ったひとだ」

歌麿は思わず皮肉な口ぶりになったが、さすがに大人気ないようで言い直した。

「そりゃ金などなくとも、惚れ合った若い者同士ならどうということはないがね」

歌麿がそう言ったとき、廊下に足音がひびいて、「先生は、こちらですか」という、男のだみ声がした。岡っ引の辰次の声である。辰次は隣町の黒船町で絵草紙屋を開いている。風采はまともな商人風だが、その風采を裏切って声に品がない。

辰次は部屋に入ってくると、絵草紙屋の親爺らしく、膝でにじり寄って歌麿の絵をのぞいた。

「今日は、何の用ですか」

筆を置いて、歌麿は辰次に向き直った。夏のころ、お糸という娘のことで、辰次にかき回されてひどい目にあった記憶が残っていて、歌麿はなんとなく用心深い気持になる。

「ええ」

辰次は漸く絵から眼をはなして、岡っ引の表情にもどった。

「用事は、じつは先生でなくて、この娘さんのほうなんですがね」

「そいつは困るねえ、親分」

と歌麿は言った。

「いまわたしはこうして仕事中なんだし、いきなり踏みこんできて、お調べというのは、ちょっと困るんだなあ。後にして頂けませんか」

「わかってます、わかってます、先生。ご無礼は重重承知なんだが、一寸いそがしいことが出来たもんで」

「何ですか。おさとさんに用事というのは」

「じつはゆうべ、人が殺されましてね」

「人殺しだって？　それがこのひととどうかかわりがあるんですかね」

「それがね。殺されたのは玄助といって悪い野郎なんだが、四月《よつき》ほど前まで、この女中さんと同じ、古賀さまという旗本の家に勤めていた男なもんで、少し聞きたいと思って」

歌麿は口を噤《つぐ》んだ。辰次の言葉で、殺されたのは、あの夜古賀庄左衛門をゆすっていた、あの男だろうと見当がついたのである。いきなり悪い想像が働いたのを、歌麿はあわてて打ち消した。

今朝早く、両国橋を本所側に渡った南側の河岸、一ツ目の桐油干場の前で、玄助の死体が見つかった。死体は真白に霜をかぶっていて、殺されたのが夜のうちだということが歴然とわかった。玄助は両国界隈によく顔を出し、ご禁制の博奕を打って暮らしているという噂がある男だったから、そういう金のもつれから殺されたと思われた。

ところが傷を調べてみると、左の肩口から斜めに鎖骨まで断った斬り口が見事で、斬ったのは武士ではないかと言い出すものがいた。それでやくざ者の溜まり場を洗う一方、以前勤めていた古賀家の方からも、手を回して玄助のことを聞くことにした。

橋向こうは、辰次の縄張りではないが、六間堀町の伊三郎という岡っ引から頼みがあって、おさとに玄助のことを聞きにきたのである。

「あのひとのことは、あたしあまりよく知らないんです」

どう答えるかと思って、歌麿ははらはらしながらおさとを見まもったが、おさとは少し青白くなった顔を辰次にむけ、低いがはっきりした声で言った。

「知らないといっても、同じお屋敷に勤めていたわけだから、話したこともないというわけじゃないだろ？」

「ええ、それは少しは。でもあのひとがいたのは一年足らずでしたから。その前は宗六さんという年寄りが長い間勤めていたんです」

「では、その一年足らずのことを聞こうか」

辰次は胡坐《あぐら》を組み直して、鋭い眼でおさとをみた。

その間、どんな人間が玄助をたずねてきたか、屋敷の中で博奕を打つようなことがなかったか、つき合っている浪人のような者はいなかったか、といった質問だった。

最後に辰次はこう言った。

「そういう野郎だから、屋敷勤めをしてもろくな仕事が出来るわけはないんだ。それで古賀さまが怒って、野郎が手向かったとかいうこともあったんじゃないかね」

歌麿はひやりとした。辰次の勘が、古賀庄左衛門に向かって働いた感じを受けたからである。だがおさとは、平静な顔で言った。

「殿様はやさしいひとでしたから、そういうことはありませんでした」

六

「だから言わないことじゃないんだ。こうなることはわかっていたんだから」

歌麿はうろうろと部屋の中を歩きまわりながら言った。やっと坐ったと思うと、立ち上がって障子の隙間《すきま》から外をのぞいたり、棚から絵筆や墨をおろしたと思うと、すぐまたそれを元に返したりしている歌麿を、時どき繕《つくろ》い物の手を休めて、千代が呆れたように眺める。

茶碗や菓子が余分に火鉢のそばに出ているのは、さっきまでそこに、桐屋のおはまが坐っていたのである。店が休みだといって訪ねてきたおはまは、驚くべきことを話して行ったのだった。

十日前に、歌麿はおさととの約束の日で桐屋を訪ねたが、いきなりおさとが女中をやめて寺島村に帰ったと聞かされた。わけを訊いたが、おかみも、いつもは愛想のいい垂れ眼のおはまも、なんとなく固い表情で首を振っただけだった。若い者は気まぐれだから、と歌麿は憮然とした気持で帰ってきたのである。それっきり桐屋には行っていない。

ところが今日訪ねてきたおはまは、おさとが古賀庄左衛門と桐屋の小座敷で心中をはかったのだ、と打ち明けたのである。古賀は死に、おさとは手首を切ったが、命をとりとめて親元に帰された。

このことは厳しく秘密にされた。桐屋の中でも事件を知ったのは主人夫婦とおはま、それにおつぎという見習い女中の四人だけだったので、桐屋の主人は慎重に手を打った。北本所の古賀の屋敷におはまとおつぎを使いに走らせ、内密に古賀の死体を引き取らせると、それから医者を呼んで、おさとの手当てをさせたのである。

女と心中したなどということが公けになれば、古賀家は取り潰しになろうし、生き残ったおさとも無事では済まない。

「そりゃもう、あたしがおつぎに呼ばれて座敷に行ったときは、部屋中血だらけで、凄かったんですから」

おはまは細い眼を一杯に見ひらいて、そう言った。先生に嘘ついたようで気が咎めるから、こっそり知らせにきた、とおはまは言ったのだが、その表情をみると、心中の話を誰かに聞かせたくて仕方がなかったようにもみえた。

「土台無理だったんですよ。人の道にはずれた色恋沙汰でしょ。続くわけがありませんよ」

とおはまは言って、一緒に聞いた千代にも同意を求めたが、歌麿はそれだけではないだろうと考えていた。玄助という男が言っていた言葉から推定して、古賀庄左衛門は、組内から集めた小普請金に手をつけていたのだ。そして玄助を殺したのも、古賀だとみて間違いなかった。破滅は眼にみえていたのである。

「行っておやりになりたいのじゃありません？　そのおさとさんというひとの所に」

と千代が言った。歌麿はバツ悪い顔で千代をみた。

「わたしが行くのは、やっぱりおかしいか」

「いいえ、そんなことはありませんよ。絵を描かせてもらったひとなんですから」

「そうだな。じゃ、竹麿に言って駕籠を呼ばせておくれ」

歌麿は決心がついて、いそいそとした声で言った。

心中などという怖いことをして、しかもそれに失敗して打ちひしがれているに違いないおさとに、一度会ってみたかった。会ってどうすることも出来るわけではなかったが、元気を出すようにと、ひと声かけたい気持がある。

——絵を持って行こう。

と歌麿は思った。おさとの絵は、色を染めて仕上がっている。初初《ういうい》しい感じの娘が、手にギヤマンの盃を弄《もてあそ》びながら、顔を斜めに向けてほほえんでいる。そういう絵だった。心中という陰惨な出来事とはかかわりのないおさとが、明るく微笑している。おさとは、ほんとうは、そのように生きるべきなのだ、と歌麿は思っていた。

駕籠屋が探しあてた真光寺の門前で、歌麿は降りると、駕籠をそこに待たせて寺に入って行った。出かけるのが遅かったので、あたりには青ざめた夕暮れの気配が漂いはじめている。師走には珍しい温かさだったせいか、霧が出ている。霧は境内から、左手の雑木林までうっすらとひろがり、葉の落ちつくした雑木林の奥で、沈みかけている日の残光とまじり合っても色に輝いていた。

「おさとなら、まだそのあたりにいるかも知れませんよ」

おさとの家の在りかを聞いた歌麿に、年取った寺男が、そう答えた。

「このあいだ、おさとが奉公に上がったお屋敷の、殿様の葬式がありましてな。それからおさとは毎日のように墓参りにきていますよ。さっきも姿がみえたから、まだいるんじゃないかね」

歌麿は礼を言って、教えられたとおりに雑木林の中の道をたどった。道は落葉に埋まっていて、足もとに乾いた音を立てた。そして霧とも靄《もや》ともつかない白いものが、歌麿の腰のあたりにまつわりついた。

すると、途中でおさとに会った。歌麿と顔を合わせると、おさとは立ち止まって、眼をこらすようにしてじっとみたが、

「あら、先生」

と言った。無感動な声だった。

「どうだね。元気になったかね」

と歌麿は言った。おさとは左手首に白い布を巻いている。それが痛いたしく見えた。顔色は、日が翳ったせいか、幾分青ざめてみえる。そして眼に、前にはなかった凄艶《せいえん》な光がある感じがした。

おさとは黙って立っている。

「別に用事があって来たわけじゃない。ただあんたが無事なところをひと眼みないと落ちつかない気がしてな。これで安心した」

「………」

「一度しくじったから、それで人生終わりというものじゃない。あんたはまだ若いん

だから、元気を出してやり直すんだね」

「わかっています」

と、おさとが小さい声で言った。それで終わったようだった。歌麿がうなずくと、おさとは深ぶかと頭を下げて、そこから横に林の中にのびている細い道をゆっくり遠ざかった。そのもの憂げな歩みと、肩の丸味、形のいい腰の膨らみは成熟した女のものだった。歌麿は、はじめて二十のおさとをみたようだった。歌麿は、おさとが一人の女として、古賀を愛したことを悟っていた。

絵を渡すのを忘れた、と思ったが、懐からそれを取り出すと、歌麿は小さく裂いて落葉の中にそれを捨てた。さっきおさとに言った教訓じみた言葉と同様に、少女めいたおさとを描きとめただけのその絵が滑稽なものに思われたのである。

眼を上げると、おさとの後ろ姿が、影のように薄れて霧に消えるところだった。

夜に凍《こご》えて

一

「なにも江戸中の人間が、残らず芝居にうつつを抜かしているわけじゃあるまいし、うちは今度の競作には加わりません」

と若狭屋は言った。若狭屋は、髪は真白で鶴のように痩せている。ちょっと見には六十ぐらいにもみえるが、顔の艶や物言いは若わかしいところがあり、実際の年は五十半ばぐらいかも知れなかった。眼が鋭い細面の風貌に、武家方の隠居といった趣きがあり、刀を差させたら似合いそうな人物である。去年の梅雨のころ、はじめて会ったときもそう思ったが、若狭屋はめったに笑わない男だった。

そばに坐って、にこにこと微笑を絶やさない番頭の石蔵と、それで釣り合いがとれている。石蔵は反対に白肥りに肥えてもいた。

「むろんあたしたちも、役者絵をどうするかと、一応内うちの相談はしたのですよ」

と、石蔵が柔らかい口調で補足した。

「皆さんが一斉にお出しになる。その勢いに乗って一緒にやるやり方がないわけじゃありません。でもうちの旦那は、そういう商売が嫌いでして。昔っからそうなんです。流行《はやり》に尻を向けるという悪い好みがありましてな。正直申しますと、そのためにうちはこれまで、ずいぶん損をしています」

眼の前に若狭屋をおいて、石蔵はそう言ったが、むろん主人を非難している口調ではなく、そういう若狭屋の意固地ぶりを面白がっている口ぶりだった。

「だから、一応の相談はしましたが、それは面白くなかろうというのでやめました。それであたしが、同じ似顔絵なら、先生に美人似顔絵を描いてもらってですな。役者絵の向こうを張ろうじゃないかと申しましたんです」

「女の似顔絵というと、どのあたりの？」

歌麿は慎重に聞いた。

「吉原《なか》で、いま真盛りの売れっ妓《こ》を、ずらり並べて描いて頂いたらどうかと。いかがですかね、先生のお考えは」

「十枚ぐらい連作を頂けると有難いですな。どういうもんですかね」

と若狭屋も言った。

森田座が天明八年の夏芝居のあと休んで、控櫓《ひかえやぐら》の河原崎座が代わったのが寛政二年である。続いて去年の夏芝居以後中村座が、秋芝居以後市村座が休み、かわりに都伝内座、桐長桐座が十一月に公許され、正月興行以後は、珍しく控え三座が出揃うことになって、芝居好きの人気を煽《あお》った。

版元の役者絵競作は、むろんこの芝居人気をあてこんでいる。すでに泉市が豊国の市川門之助を板行し、森治がやはり豊国描く沢村宗十郎、瀬川菊之丞を出していた。三月興行の前には、山千から勝川春英の坂田半五郎、泉市の豊国の連作市川八百蔵が出るだろうと言われ、それに続いて蔦重《つたじゅう》、鶴喜、上村が役者絵を出すというので、近頃版元、絵師の話題は役者絵で持ちきりになっている。

――若狭屋は、ああ言っているが、出遅れたのかも知れない。

と歌麿は思った。そうだとすれば、いい加減の仕事は出来ない、ということだった。出来上がったものが、役者絵より売れないのでは、若狭屋に気の毒なのはもちろん、歌麿の沽券《こけん》にかかわる。

「じつはこの話は、先生が蔦重さんの役者絵の注文を断ったと聞いたときから、私の胸にありましたもんで」

と石蔵が言った。顔から笑いが消えている。石蔵は老練な商売人の顔になっていた。

「先生が役者絵をお断りになったとは、失礼ですが見識だと思いました。女絵で通そうとなさる」

「買いかぶられちゃ困りますよ。ほかにもいい加減なものを沢山描いています」

歌麿は苦笑して言った。

「いいえ、そういう意味じゃございません」

「………」

「描いて描けなくはない役者絵を断ったのは、それだけ美人絵を大事になさっているせいだろうと思うわけですよ。先生に役者絵の話を持ちこんだのは、蔦重の不見識ですよ」

石蔵は、ちょっぴり蔦屋の悪口を言った。

「近頃元気がなくて、吉原にもあまり行っていませんがね。いま売れているというと、どんな妓ですか」

「まず扇屋の若扇、越前屋の唐土、兵庫屋の花妻……」

「玉屋の花紫もおっとりした美人でいい。松葉屋の染之助もいい」

「玉屋の小紫はどうですか」

「おお、あれが大変な人気だそうだ」

石蔵と若狭屋は歌麿そっちのけで指を折った。だいぶ調べてきたあげくのことらしく、歌麿が知っているのは越前屋の唐士ぐらいだった。唐士は口数が少なく、上品な妓である。

「若松屋に若鶴というのがいますが、あれもいいかも知れません」

と歌麿は言った。少し意欲が動いていた。

「するとこれで七人ですか。それなら十人はすぐ揃いますよ。先生、これでね、当時全盛似顔揃というのを出しましょう。役者絵は女が買うでしょうが、これは男が奪い合いますよ」

「もう題まで決まっていますか」

歌麿は苦笑した。

「それで仕上げるのは、いつごろになりますか」

「まず、五月。どうですか」

「なるほど」

歌麿は首を傾けて思案したが、四、五日考えさせてくれと言った。

二人が、なおもすすめて帰ると、玄関まで見送った千代が戻ってきて、茶碗や菓子盆を片づけはじめた。

「いいお話じゃありませんか」

と、千代が言った。隣の部屋で、縫い物をしながら、話を聞いていたようだった。

「いい話といっても、もう二月ですよ。五月まではあと三月しかない。ほかに仕事がないのなら別だが……」

歌麿は、なんとなく不機嫌な表情になって言った。千代はちらりと歌麿の顔をみたが、黙って片づけたものをまとめると台所に立って行った。

——いい絵が、描けるか。

と歌麿は思っていた。漠然とした不安が、歌麿をとらえている。それは、昔は始終歌麿を悩まし、近頃は忘れていた感覚だった。若狭屋の意図が、さっき言ったようなものであれば、それは人気の役者絵に、美人絵で挑むことになる。出来上がったものは、豊国や、春英、それにあの奇怪な迫力を持つ写楽などが煽りたてる役者絵人気に、ひとり対抗して、歌麿の名を辱めないものでなければならないだろう。

——その力が、残っているか。

誰にも、千代にさえ打ち明けたことがないが、歌麿は、近頃筆が痩せているのを感じる。人気はむしろ絶頂にいて、歌麿自身、女絵で俺にかなうものがいるもんか、と思っている。鳥居清長こそ、ひところ歌麿に絵師として立つことを断念させようとしたほどの強敵だったが、はやく美人絵の世界から去った。そして清長を蹴落としたのはほかでもない、歌麿だった。

いまも鳥文斎栄之、栄之の弟子の栄昌、勝川派の勝川春潮、また情感溢れる女を描く栄松斎長喜などの美人絵描きがいる。竜雲斎、窪俊満もいる。栄之、長喜はすぐれた絵描きだが、歌麿はこの二人をこわいとは思わない。栄之には清長の真似があり、長喜には歌麿の真似がある。そして鳥高斎栄昌は、栄之の弟子でありながら、歌麿の絵を忠実に手本としているのは明らかだった。

歌麿はまだ絶頂期にいる。にもかかわらず筆が痩せたと思うのも事実だった。その感じは、時おり肥大した自信に水を浴びせる作用をする。その感触を、歌麿は眼をつぶってやり過ごすのだが、無気味な思いが残った。それがはっきりしたとき、筆を捨てなければならない予感がするからである。

長い間駆使してきた手法、つまり筆使いや、構図の決め方、色の使い方などに、歌麿自身倦いてきたということかも知れなかった。それは長い間、血がにじむような研《けん》鑽《さん》を重ねて、漸く摑んだものだったが、摑みとって、わがものとしたそのときから、そのものと歌麿の間にひそかな乖離《かいり》がはじまったとも考えられた。そう考えなければ、手馴れた筆を使いながら、ふと感じる倦怠は説明がつかない。潤いも、力もない筆を動かしているという気がすることがある。

そういうとき歌麿は、清長は俺の人気に圧倒されて去ったわけではあるまい。多分自分の絵に倦いたのだ、と思ったりした。

「蜜柑をむきますか」

千代が、木皿に蜜柑を盛って入ってきた。五、六個の蜜柑の明るい朱色が、歌麿を物思いから引き戻した。

「やけに酸っぱいな、この蜜柑は」

舌の上にひろがる酸味に、顔をしかめながら歌麿は言った。若狭屋の注文をうけるかどうか。それを決めるのは、もう少し先にしよう。そういういつもの怠惰な気分が戻ってきていた。

二

蔦屋の近くまで来たとき、歌麿はちょうど店から出てきた様子の、二人連れの男女に眼を惹かれた。正確には、女の方に眼を奪われたといった方がよい。薄闇の中だったが、女は目だつほどの美貌だった。細面できりりとした感じがあった。すれ違うとき、黒黒と光る眼が、一瞬歌麿を見たようだった。

振りかえって、歌麿は二人を見送った。すると、どういうわけか今度は連れの男の背に眼を惹きつけられた。べつに変ったところがあったわけではない。職人ふうの身なりの男だった。幾分撫で肩で、それが細身の男の背を頼りなげに見せている。だが、どこか心にひっかかるものがあった。歌麿は首をかしげた。すると女が、白い横顔をみせて、男に何か話しかけるのが見えた。その様子を眺めているうち、歌麿は何が自分を惹きつけたかがわかった。その男は一人で歩いているようにみえた。女が熱心に話しかけるのに、男はうなずきもしないようにみえる。それは連れをうるさがっているとか、意に介していないという感じではなかった。はじめからそういう出来の男に違いない、異様に孤独な感じが、遠ざかる男の背に貼りついている。男と女は間もなく人混みと薄闇の町に紛れた。

部屋に通ると、蔦屋が奇妙な笑いを浮かべて歌麿を迎えた。

「寒いですな」

歌麿は襟巻をはずして、座に落ちつくと言った。蔦屋の笑いの意味はわかっていない。

「そこで会ったでしょう？」

女中を呼んで茶を言いつけると、蔦屋はさっきの笑い顔に戻って言った。

「店の前あたりでぶつかったはずですよ」

「誰です？」

歌麿は怪訝そうに言った。

「写楽だよ」

「ああ、写楽……」

と言ったとき、歌麿の眼に、夕闇の中に消えて行った背がみえてきた。そうか、あの男が写楽というのか。

「女と連れ立っていた、あの男ですな」

「そう」

蔦屋は、茶を運んできた女中に、ついでに炭を継いでおくれ、と言った。

——そうか。あれが写楽か。

「顔を見なかったが、まだ若い男じゃありませんか？」

「顔を見なかった？」

「連れの女のひとに眼を奪われたもんでね。たいへんな美人だった」

蔦屋は天井を向いて哄笑《こうしよう》した。珍しいことだった。蔦屋がこんなに機嫌がいいのは、写楽の仕事がうまく運んでいるのだろう。

「役者絵の方は、うまくいっているようですな」

「いまお目にかけるが、試し摺りが出来ましてね。写楽はそれを見に来たんですよ。そう悪い出来ではない」

「……」

「あたしもずいぶん迷ったんだが、やはりこれでいこうと決心しましたよ。泉市の豊国と、森治の豊国。あんた見ましたかね」

「見ましたよ。豊国はやはり力がありますな。泉市の門之助、森治の菊之丞。みなよく出来ていましたな」

「それでは、これはどうかね」

蔦屋は後ろに手をのばして、小机の上から紙に包んだものを取ると、歌麿の前にひろげた。大判の画面いっぱいに、胸から上の女形が描かれている。

「これは、誰ですか」

「佐野川市松の白人おなよですよ」

「なるほど、市松ですな」

歌麿は畳に手をついて、じっと絵を見つめた。歌麿は清長の芝居絵を思い出していた。そこでは女形は女と見まがう艶冶《えんや》な筆で写されていた。だが眼の下にある絵は、白人おなよでもなく、女形でもなく、役者佐野川市松を写し出そうとしたようだった。隆《たか》い鼻、太い首からむしろ男くさい体臭さえ匂ってくる。似顔絵といえば、これほど適確な似顔絵はないかも知れなかった。

――だが、美しくはない。

歌麿は、去年同じこの部屋で、京伝と一緒に写楽の版下絵を見たとき感じた、強い嫌悪感に心をとらえられるのを感じた。だが、そう思いながら、もう一度昔見た清長の絵を思い返したとき、歌麿は低く唸り声をあげそうになった。

清長の艶冶な絵が、ひどくそらぞらしいものに思えたのである。それはたしか沢村宗十郎と岩井半四郎が道行を演じている舞台だったようである。だが写楽の絵を見たあとでは、印象の淡い、つくり物に過ぎないという気がした。そして、ここには紛れもない、役者佐野川市松がいる。傲然と白粉をぬたくった顔で、観客をたぶらかして、女形の芸を演じてみせる構えである。

――これは、絵か。

歌麿は、奇妙なものを見ている感覚にとらわれていた。これが絵なら、いままでの絵が持っていた、きれいごと、あいまいさ、妥協、虚飾、そういった一切のものをはぎとって、本当のことだけを写そうとした、そしてその力もある恐ろしい絵なのだ。

「どうですかね」

蔦屋は慎重な口調で言った。だがその声には手を揉むような感じがある。蔦屋自身この絵に惚れこんでいることは明らかだった。蔦屋もまた、この絵が持つなみなみでない新しさに気づいているのだ。

「凄いひとが現われたもんですな。私は前に版下を見たときに、この絵は売れないだろうと言いました。この考えはいまも変りませんよ。だが、この絵が、これまで誰も描けなかったところを描いている非凡な絵だという点は、太鼓判を押します」

「やっぱり売れませんかね」

蔦屋は顎を胸にうめるような姿勢になったが、すぐに顔を上げた。

「ま。それも仕方ないね。ぶつけてみるしかない。泉市、森治、鶴喜、山千、上村にね」

「……………」

「物議を醸《かも》すでしょうな」

蔦屋はくつくつ笑った。

「蔦屋が出した役者絵は何だ、ということでいっとき評判にはなるかも知れませんな。しかし売れないだろうね。それは私にもわかっている」

「で、いつ頃売り出すつもりです?」

「五月興行にぶつけようと思うんだが」

「五月?」

すると、若狭屋に頼まれた似顔揃と、この写楽はまともにぶつかるわけだ、と歌麿は思った。重苦しいものが胸を圧してきたのを隠して、歌麿は話題を転じた。

「写楽って男は、いつもあんなふうに女連れで訪ねてくるんですかね」

「それがね。大変な無口で、私もふだん気がむかなきゃ喋らない方だが、あの男にはかないませんな。それで女を連れてくるわけですよ」

「ほう」

「そうすれば、自分は喋らなくとも済むという寸法ですな」

「すると、あの女は女房か何かで?」

「いや、それは私も知らない」

急に蔦屋は口が重くなった感じで、黙りこむと茶を啜った。写楽の素姓については、あまり触れたくないといった感じがあった。そうした蔦屋の様子をみていると、薄闇の中に消えて行った撫で肩の男の背が、謎に満ちたものに思われてきた。

「さて、それではこれを」

歌麿は風呂敷を解いて、頼まれていた版下絵を出した。あまり気のすまない仕事だったが、どうにか期限に間に合わせて持ってきたのである。

描かれているのは、知り合いの商家の内儀だが、描いている間に、以前は好もしいと思って眺めていた人柄が、すっかり変ってしまっているのに気づいて、歌麿は興ざめしたのであった。おしんというその内儀は、歌麿がむかし狂歌の集まりに出ていたとき、夫婦おそろいで狂歌に凝っていて、その頃からのつき合いだった。だが四、五年経つ間に、亭主が浮気したり、商売が思わしくなかったりで、人柄に険が出来たようだった。描かれている間中、亭主の悪口を言い、愚痴をこぼし、歌麿を閉口させたのである。

自分が愛せない相手を描くのは、歌麿には辛い仕事だった。絵の仕上がりがいいとは思われない。版下絵を出しながら、歌麿はそのことを気にした。

蔦重は、絵を受けとると行燈をひきよせてじっくりとみた。鋭い眼だった。それからちょっと押し頂くようにして、「頂きます」と言った。歌麿はほっとした。

すると、歌麿がほっとしたのを見抜いたように、蔦屋が「先生」と言った。

「近ごろ、筆が荒れていませんか」

と蔦屋は言った。柔らかい口調だったが、厳しい表情をしている。

「天下の喜多川歌麿にこんなことを言うのは、大変失礼なんだが、若い時からのつき合いのあたしが言わなきゃ、誰も言わんだろうし」

「言って下さい。構いませんよ」

と歌麿は言った。

「顔が同じなんですよ。どの女も」

歌麿は一瞬、平手で顔を殴られたような感じを受けた。恐ろしい言葉を聞いたという気がした。

「多分あんたも気づいてはいると思うんだ。ただ注文が多いし、仕方がないと思って流している、と同情はしてるんだがね」

「その版下を下さい。描き直しましょう」

と、歌麿は言った。蔦屋の言葉は、耳を素通りしていた。

暗い夜空の下を、歌麿は歩き続けていた。いまに雪でも落ちて来そうに寒い夜で、歌麿は襟巻に顔を包むようにして歩いた。だが、寒さはあまり感じなかった。胸の中で、屈辱がまだ渦巻いている。蔦屋は版下絵を返さなかったが、それで屈辱が薄れたということにはならなかった。密会の現場を押さえられたようないたたまれない恥辱が、まだ胸の中で荒れ狂っている。

——蔦屋は、さすがに見抜いていたのだ。

力が衰えたことを、自分で認めることと、他人に指さされることとは違っていた。他人の声は恐ろしかった。

だが歩き回っているうちに、歌麿の気分は少し落ちついてきていた。

——なにも、斜《しゃ》に構えることはねえや。

と思った。蔦屋は間違ったことを言ったわけではない。事実を言ったのだった。つまりその通りなのである。版下を返してくれ、などと馬鹿なことを言ったものだ、と思った。いまごろ蔦屋は笑っているかも知れない。

それがいまの俺の値打ちの、掛け値なしの本当のところだ。そう思うと、蔦屋に暴《あば》かれたことが、むしろ爽快に思えてくるようだった。ここからもう一度何か新しいものを摑むか、それが出来なければ筆を折るかすればいいのだ。歌麿は、やや自虐的な気分でそう思い、広い場所で立ち止まった。

いつの間にか、両国に出ていた。寒い晩だが、時刻が早いせいか、まだ人通りがあった。

——熱かんで、一杯やるか。

そう思ったとき、水茶屋が立ち並んでいる方に曲がる二人連れの男女がみえた。歌麿は何気なしに見たのだが、不意に渋面《じゅうめん》を作った。不可解なものを見たと思ったのである。女は見た眼が曇っていなければ、千代だった。そして男は、歌麿が知るわけはない。千代が親しそうに肩を並べて歩く男など、歌麿は想像することも出来ないのだ。

三

歌麿は、時どき顔をあげて千代をみた。千代はうつむいて、この間からかかっている縫い物の手を運んでいる。別に変ったところは見えなかった。

歌麿はまた、馬琴が書いた黄表紙に眼を落としたが、興が乗らなかった。読んでいるのは、去年蔦屋から出した浮世街道御茶漬十二因縁だったが、以前読んだ京伝の人間一生胸算用とか、世上洒落見絵図などという黄表紙にくらべると、どこか理屈っぽく、その理屈がうるさい。もっとも大家の京伝にくらべるのは酷かも知れなかったが、馬琴はこうした趣向のものは向いていない気がした。

　歌麿は欠伸《あくび》をして黄表紙を畳に置いたが、そうかといって仕事をする気にもなれなかった。蔦屋にあいうことを言われてから、歌麿はどこか一本、大事な芯《しん》が抜けたような気分が続いている。

「あんたこないだ……」

　歌麿は千代に向き直って言った。

「二、三日前の夜だが、両国のへんを歩いていたかね」

「え？」

　千代は顔を上げて歌麿をみたが、ぼんやりした表情だった。

「あんたが、誰か男のひとと歩いているのを見かけたように思ったんだが」

「あら」

　と千代は言った。それからみるみる真赤になった。歌麿の方がうろたえたほどだった。

「やっぱりあんただったたか。すると、いいひとでも見つかったかね」

　歌麿は冗談を言った。むろん千代にそんな男がいるはずがないと思っている。

すると千代が顔を上げた。その顔が青白くなっているのに、歌麿はまた胸を衝かれた。歌麿が口を噤《つぐ》むと、千代は、先生と言って静かに縫い物を脇に寄せた。

「あたしに、縁談があるんです」

「………」

「むろんこの年ですから、後妻の口ですけど」

先方は小さいが表に店を持つ太物屋だった。場所は四ツ谷御門前の塩町である。三年前に女房に死なれて、子供が二人いるという男が相手だった。年は三十八。千代が絵を描くことを聞いても、暇があれば続けたらいい、と物わかりがよかった。千代の家では乗気で話をすすめている。

千代の話が終わると、二人はしばらく黙った。

「悪い話じゃないな」

と歌麿が言った。少し喉にひっかかった声になった。咳ばらいして、歌麿は続けた。

「潮どきかも知れない」

だがそう言ったとき、歌麿は胸底を風が通りすぎるような気がした。

——そうか。お千代がいなくなるか。

と思った。十四のとき母親に連れられてきて弟子入りし、嫁に行って戻ってきた二年の間姿をみなかっただけで、千代は二十五の今日まで十年近く歌麿のそばにいた勘定である。出戻りで再弟子になってからは、絵で一人立ちする意気ごみもあって絵に熱中し、蔦屋が出した落咄樽酒聞上手などという噺本《はなしぼん》の絵を描いたり、知り合いの家を出稽古に回ったりしたが、早熟の才能だったわりには、画技がのびなかった。そして歌麿が妻のおりよに死なれてからは、なんとなく歌麿の家の家事を引きうけた形で、絵の方もおろそかになって日が過ぎてしまった感じだった。その間に、一度は千代を歌麿の後妻にという話が持ち上がり、立ち消えになったりしている。

そういう事情もあって、歌麿は心の隅で千代に負い目を感じていたが、一方で後妻でも女中でもない千代が家の中にいて、うるさくなく、それでいて親密に行きとどいた世話をしてくれるのを重宝にしてきた。

だがそういうけじめのない、怠惰なやり方が男の身勝手に過ぎないことは明らかだった。その証拠に、千代はいまこの家を出て行こうとしている。当然のことだ、と歌麿は思った。

「もっと先生のおそばにいたかったんです。このままでも、私はかまわないと思っていました」

青白い顔を俯《うつむ》けて、千代は言っていた。

「でも家の方の都合もありますから、そうそう我ままなことも言えませんし。女なんて弱いものですから」

千代を引きとめるなら、きっといまなのだと歌麿は思った。いまなら、まだ間にあうだろう。彼女がそうしてもらいたがっていることもわかっていた。

だが歌麿は唖者のように沈黙していた。歌麿の中には、一度壊れた家の残骸が残っている。空虚で懶惰《らんだ》な気分でそれを眺めることはあっても、もう一度建て直したい気持はない。千代は顔も醜くなく、気だてのいい女である。だがそういう千代でも、所帯を持ってしまえば、たちまち生ぐさい女に変るのだ。男と女の生ぐさい営みを、もう一度繰り返して家を建て直すだけの気力も興味も、歌麿には残されていなかった。懶惰な気分に歌麿は慣れ、いまは骨の髄まで染まっている。

「あんたも、この家を見切るときが来たのかも知れないね。そりゃ行かれて淋しくなることはわかっているが、さればといって、私はあんたをしあわせに出来る人間じゃなさそうだ。これまでのことを考えれば、それがよくわかる」

「わかっています、先生」

千代が素直な声で言った。二人は黙って眼を見つめあった。歌麿は低い声で言った。

「あんたには迷惑をかけた。ありがとう」

「そんなふうにおっしゃらなくともいいんですよ、先生」

不意に千代は、いつもの声音に戻っておっとりと言った。

「あたしもここで台所をしたり、お掃除をしたりするのが楽しかったんですから。それに先生に嫌われていないこともわかっていましたもの。おかみさんにはしてもらえませんでしたけど」

千代は俯いて忍び笑いをした。

「それで、相手に返事をしたのかね」

「まだなんです。でも、今日お話しして、やっと決心がつきました」

「お祝いをしなきゃな」

「してくれますか」

「みんなでご馳走を喰って、話でもしよう。しかしそうなると、やっぱりあんたの手料理でということになるかな」

夜の食事の支度をしなければ、と言って千代が台所に立ったあと、歌麿は火桶のそばに膝を抱いてぼんやり考えに耽った。蔦屋には作品の衰えを指摘され、今度は千代が去ろうとしている。運命が静かに背を向け、別の貌《すがた》をみせようとしているのを感じる。

「ただいま」

いつの間に帰ったのか、竹麿がのっそりと部屋に入ってきてそう言った。

「お千代さん、どうしたんですか、先生」

竹麿は歌麿のそばにしゃがむと、声をひそめてそう言った。

「人に物を言うときは、ちゃんと坐って喋りな。ここは外じゃないんだから」

歌麿に叱られて、竹麿はあわてて坐った。堆《うずたか》い膝頭だった。

「お千代がどうした?」

「台所をのぞいたら、隅の方にお千代さんがいて、泣いてますよ」

「……」

歌麿は胸を衝かれて竹麿の顔をみた。竹麿の細い眼が、非難するように歌麿を見つめている。

「うっちゃっとけ」

と歌麿は言った。自分も泣きたいような気分が歌麿を襲っていた。

「泣きたい奴は、泣かせておくのが一番だ」

四

庭の梅が綻《ほころ》びていた。まだ大部分は蕾《つぼみ》で、開いている花は数えるほどしかなかったが、それで庭は見違えるほど明るくなっていた。薄日が射している庭で、その一角が光るように生気が溢れているのを、歌麿は立ったまま眺めている。

背後で、火鉢にかけてある鉄瓶が鳴っている。

家の中も外も、物音はそれだけで、ひどく静かだった。千代が、相生町の家にすっかり引き揚げてしまってから、十日ほど経つ。そして今日のように、弟子二人が使いに出てしまうと、歌麿はなんとなくこの世の中から取り残されたような気がしてくる。千代が去ったあと、始終背中を風が吹き過ぎるような感じがあって、その感じはいまも続いていた。

玄関に人が訪れた物音がした。障子を閉めて、歌麿が玄関に出ると、馬琴だった。手ぶらで、ぬっと立っている。

「ま、上がりなさい」

歌麿はほっとして言った。馬琴の、愚痴まじりの夢のようないつもの話を聞くのは、あまり気がすすまないが、一人で所在なくしているよりはいい。それに絵の仕事をする気分ではなかった。

歌麿が茶道具を運んで行くと、馬琴はきょろきょろとあたりを見回して言った。

「あのひとは、どうしました、お千代さんは？　留守ですか」

「今度嫁に行くのでね。もうこの家にはいません」

「嫁に行くって？」

馬琴は胆《きも》をつぶしたような顔になって、歌麿を見た。

「あのひとは、いずれ先生と一緒に暮らすひとだろうと思っていましたがね」

「そうはいかないさ。お千代はまだ二十五。十分にやり直しがきく年ですよ。なにも、私のような、年で言えば自分の父親のような人間と暮らすことはないさ」

「そうかも知れませんがね」

馬琴は、まだ腑《ふ》に落ちないような顔をしている。

「それで、何とも言わなかったんですか」

「誰が？」

「お千代さんです」

「お千代なんか、喜んで行ったよ」

歌麿の眼の奥を、暗い台所の隅に蹲って、泣いていたという千代の姿が通り過ぎた。だが歌麿は陽気な口調で続けた。

「もっとも後妻だが、これは年が年だし、出戻りだしするから仕方ないな。でも先方はちゃんとした太物屋で、商売もうまく行っている家らしい。私たちみんなで、赤飯炊いて祝ってやったよ」

「そういうもんですかね」

馬琴は言ったが、不意に突っこんだ口を利いた。

「それで先生は、これからどうするんですか。おかみさんもなし、子供もいないで、淋しいとは思わんのですか」

そういうことになるか、と歌麿は思った。ぐさりと胸をつかれたような気もした。馬琴は歌麿の老年のことを言っていた。やがてやってくる、老いぼれて地を這いずり回るような季節のことを言っていた。そのときに、そばに誰もいなければ、悲惨なことになりますよ、と馬琴は警告しているのだった。

むろん歌麿も、時おりそのことを考えないわけではない。だが歌麿の中には、それこそ望むところだと思う気持もひそんでいた。そのときは、一人わが身だけを始末すればいい。それまで、日日流されて行くだけだ。

「なに、死ぬときはみんな一人だからね。そう思えば、別に淋しいこともないさ」

「そういうもんですか。あたしにはまだ、そんなふうには考えられませんが」

馬琴は額に皺をよせて、深刻な表情になった。

「そりゃそうだろうさ。あんたはまだ若いんだし、かみさんをもらったばかりで、これから子供をつくろうというんだ。ところで……」

歌麿は、お茶を換えようとした手をとめて言った。

「あんた、酒を飲むかね。冷やでよかったらあるんだが」

「いえ、あたしはちょっと寄っただけで。なにせばあさんがうるさいもので、そろそろ帰りますから」

「ま、ばあさんなどいいじゃないですか」

歌麿は言って台所に立った。千代が明日から来なくなるという前の晩、酒屋から取り寄せた一升徳利に、まだ酒が残っている筈だった。だが振ってみると意外に軽いのは、竹麿か花麿が、そのあとこっそり盗み飲みしたようである。歌麿は、徳利ごと持って部屋に戻った。

「久しぶりだから、一杯やりたいんだが、昼日中から料理屋に繰りこむのも気がひけるし、第一こうして留守番をしているから、家を離れるわけにはいかない」

歌麿は残っていた茶を庭に捨てて、茶碗に冷や酒をついだ。

「ところで近頃、書き物の方はどうですか」

「それです」

馬琴は酒を啜ると、舌つづみを打った。

「これはいい酒だ。その書き物のことを聞いて頂きたくて、ちょっとお寄りしたんです」

「いいものが出来そうかね」

「今度は読本《よみほん》を書きますよ。題ももう決まっています」

馬琴は胸を起こして、歌麿を見た。どことなく自信ありげな様子だった。

「さては、あんたが前に言った、唐の長城のような読み物が出来上がるかな」

「いえ、そこまではまだ及びませんが……」

馬琴は苦笑した。

「しかしいままでの黄表紙のような調子のものでなく、水滸《すいこ》伝《でん》を元にした読み物です。これに芝居の先代萩をからませたもので、ちょっとした新しい趣向です。いや、大いに新しいと言っていいかも知れません」

馬琴の顔は、もう赤くなっていた。

「じつはいままで書いてきたものが、どうも自分に合っていない気がしまして、ま、勉強のつもりで去年から水滸伝をじっくり読んでみたわけです。すると、得るところがありましたよ、先生」

「それはいいところに眼をつけたかも知れないな。じつはこの間、あんたの例のお茶漬というのを読みましたがね。どうも理屈が多すぎるんだな。それはあんたの性分がそうなんで、それが自然に書き物に出るといったもんだろうね。そうですか。水滸伝とか先代萩とか、そういう武張ったものが、あんたは合うのかも知れんなあ」

「あたしもそう思います。題は高尾船字文というんですが、これでここに曲亭馬琴ありといったようなものを仕上げますよ」

「もう、よほど出来たのかね」

「いえ、題は決まりましたが、中身はまだ一行も書いていません」

歌麿は酒をついでやりながら、馬琴の顔をみた。また夢のようなことを言っているのか、と心配になったのである。

「それで大丈夫かい」

「大丈夫ですよ、先生。筋道はもうちゃんと出来て、いまここで……」

馬琴は胸をぽんと打った。

「枝葉が膨らんでいる最中です。胸を開いて先生にみせてやりたいぐらいですよ」

「それは結構だな」

「それにしても、履物屋というのはまずいんだなあ」

馬琴は、急に打ちしおれたように呟いた。

「履物屋がどうしたね。また、せめて筆屋なら、などと言うつもりじゃないだろうね」

「先生は商売をやったことがないから、そうおっしゃるが、これはもうたまらんところがあるわけですよ」

また愚痴がはじまったか、と思ったが、歌麿は馬琴の愚痴も一理あるような気がしていた。眼の前に坐っている相撲取りのような大きな身体は、一度で済むところを二度も頭を下げて、客の機嫌を取りむすぶ商人に向いているとは思われなかった。そうかといって、馬琴が物書きに向いているかといえば、そうも言えない気がする。

歌麿には、馬琴が依然として自分にふさわしい生業を探しあぐねて、間違った道ばかりを歩いているようにみえる。物書きというのは、たとえば京伝のような物静かで博学な男こそふさわしい仕事のように思える。

「商売で身を立てようと、はじめからそのつもりの人間なら、これは別です。だがあたしはほかに望みがあって、余儀なく商売をやっているわけですから。根っからの商人のような気分になれ、というのは、これは無理ですよ」

「誰がそう言うのかね。かみさんかい」

「いや、女房はあたしに惚れていますから」

馬琴は平気な顔で惚気《のろけ》を言った。

「べつにやかましいことを言わんですよ。だがばあさんがうるさいですよ。婿はつらいですな」

歌麿は失笑した。ばあさんというからには、伊勢屋の姑《しゅうとめ》は、かなりの年に違いなかった。皺だらけで、言えばひとつまみほどの老人に過ぎないのだろうが、大きな身体の馬琴が、その年寄りをしきりに恐れている口ぶりがおかしかった。

「今年は、だからさっき言った読本を仕上げる一方、手習いに精出すつもりです。そしていずれ商売換えしますよ」

「商売換え？　下駄屋をやめるのかね」

「はあ。子供を集めて手習いの師匠でもしようかと。しかしこれは誰にも内緒にしてくださいよ」

「そんなことは、言うわけがないよ」

と歌麿は言ったが、馬琴の考え方が、やはりとりとめないものに思えて仕方なかった。水許伝と先代萩を混ぜ合わせるという、その読み物も、出来上がってみないことにはわからないと思った。

ばあさんがうるさいから帰んなきゃ、と言いながら、馬琴が結局徳利が空になるまでいて帰ったあと、歌麿は長ながと畳にひっくり返った。

日は西に回ったらしく、障子を照らす光が白っぽく変っている。部屋の中に酒の香が立ち籠め、火鉢の火に蒸れて異様に濃く匂っている。

——だが、ああして本当に書きたいものを手さぐりして、頭を悩ませている頃が、一番生きるのに張り合いがある時期なのだ。

歌麿は、帰って行った馬琴の後ろ姿を思い出しながら、そう思った。おれは、描きたいものを全部描いてしまったのかも知れないとも思った。

そうでなければ、近頃のこの倦怠は納得し難い。そしてあとは無残な老年がくるのを待つだけなのか。

冷や酒はだんだんに利いて、勢いよく血管を鳴らしていたが、歌麿の頭は奇妙に冴えわたっていた。

五

弟子の花麿が、無器用な手つきでお茶を出して引きさがると、若狭屋の番頭石蔵も、馬琴と同じことを聞いた。

「えぇーと。いつもいらっしゃるあのご婦人は、お留守で?」

「嫁に行きました」

歌麿が言うと、石蔵は驚いたような顔をしたが、すぐにうなずいた。

「ははあ、なるほど」

うなずいたが、石蔵は馬琴ほど歌麿の家の内情にくわしいわけではない。要領を得ない顔だったが、すぐにいつものにこにこ顔にもどった。

「先日吉原に参りまして、例の話を、二、三あたってみました。ところがみんな大喜びでしてな。先生の人気は、やはり大変なものでございますな」

いつもなら平気で聞ける、そういうほめ言葉が、歌麿には耳ざわりに聞こえた。

「しかし私はまだ描くと決めたわけではありませんよ。返事はこれから申しあげるところです」

「わかっています、わかっています、先生」

石蔵は笑顔で手を振った。

「それで、どうですか。引き受けて頂けますか」

「その前に、番頭さんに打ち明けたお話をしたいのだが……」

「はい、なんでも。うかがいましょ」

と石蔵は言った。石蔵の顔に、いくらか怪訝ないろが浮かんでいる。

「画料のことですか、先生。それならご心配いりません。旦那とも話が済んでいまして、かなり弾まして頂くことにしています」

「いや、そういうことじゃありません」

歌麿は苦笑したが、すぐに顔色をひきしめた。

「蔦屋で、写楽という新人に役者絵を描かせているのは知っていますな」

「ええ、話は聞いております。なにせ、変った絵だそうで」

「あなた、写楽の絵を見ましたか」

「いえ、むろん見たことはありません。蔦屋が、その絵師を秘蔵しているらしいですな」

「私はその絵を見ました。うしろを黒雲母《きらら》でつぶした大首絵で、大した迫力です」

「ははあ」

「あの絵にはひとつ大きな欠点があるから、あまり売れないかも知れない。それはそれとして、江戸の話題をさらうことは確かですな」

「………」

「その写楽の売り出しが五月です。あなたと若狭屋さんの注文が五月。ちょうどぶつかることになりますな」

石蔵の顔に、はじめて歌麿の言おうとしていることを理解した表情があらわれた。

「それは面白い。先生、ひとつがんばって下さいよ」

「ところで番頭さんは、近頃の私の絵を見ていますか」

「むろん、拝見していますよ」

また石蔵は怪訝な顔をした。

「どう思います？」

「どう思いますって、先生」

石蔵はにこにこ笑った。

「結構な絵ですよ。こんなことは、あたしが言うまでもありませんが、誰が描いたって、美人絵で先生に及ぶ人なんぞおりません」

「ところが、そうじゃないのです。私の絵は近頃まったく衰弱していますよ。気がつきませんか。形はなるほど歌麿だが、中身は死んでいます。正直に言いますとね。ほんとの生きた女が描けていない」

「先生」

石蔵はおどろいたように顔色をひきしめた。だが、歌麿はかまわずにつづけた。

「さっき写楽のことを言いましたがね。同じ五月に、鶴喜、上村が春英で役者絵を出す。むろん泉市も豊国の連作を出すでしょうな。だがみんな写楽の前に吹っ飛んでしまうでしょうな。さっき言ったように、売れる売れないは別で、見る人が見ればということです。そして、私の絵も吹っ飛ぶかも知れませんな」

石蔵の肉づきのいい顔に、強い緊張のいろが現われている。石蔵は歌麿の眼をのぞきこむようにして、低い声で言った。

「それで、お断りになる？」

「いや、そうじゃないのです」

歌麿は、ゆっくりした手つきで、石蔵の茶を換えた。

「ここまで打ち明けて、それでもやらせてもらえるかどうか、うかがいたいのですよ」

「……………」

「あるいは私の連作で、若狭屋さんにご損をかけるかも知れない。それを承知で、やれとおっしゃるなら、お引き受けします。私に残っている力を、全部つぎこんで仕上げます」

「……………」

「ご主人と相談してから、ご返事をくださっても結構ですよ」

「いや、先生」

石蔵は、懐から手拭いを出して、ゆっくり額の汗を拭いてから言った。

「その必要はありません。当時全盛似顔揃、確かにお願いします。なに、店のことなど、お考えになるにはおよびませんよ。売れる売れないは商売のうちのことで、先生に力を絞って頂けるということで十分です。版元冥利《みようり》に尽きます」

石蔵を送り出したときは、いまにも雨が落ちて来そうな夕空がのぞいているだけだったのに、夜食を済まして外に出ると、暗い夜空から雪が落ちていた。

だが、歌麿はそのまま歩き続けた。凍るような寒気が歌麿を包んだ。雪は、歩いて行く間に次第に勢いを増し、眼や鼻を搏《う》った。歌麿は手拭いを取り出して、すっぽりと頬かむりをすると、腕組みの背をまるめた。すると昔も、いまのように寒ざむとした気持を抱いて、雪が降る夜の町をさまよったことがあったように思えてきた。それは、精魂こめて描いた絵を、西村屋に突きかえされたときでもあったろうか。そのときも自信を失い、身も心も凍っていたが、まだ若さがあった。だがいまは、人生の峠を越え、見えるのは老いと死だけだった。千代は去り、蔦屋の嘲笑は、まだ耳の中で鳴っている。

若狭屋の石蔵にああ言ったのは、連作の注文を黙っておりれば、絵師歌麿はそれでおしまいだと思えたからだった。歌麿は再起不能になる。居直って、それでもくれる注文なら、引き受けるしかない、と思ったのだ。だが石蔵の決断は、歌麿になにかの自信をもたらすようなものではなかった。石蔵は、ただ歌麿を労《ねぎら》っただけかも知れなかった。

歌麿は広小路を突っきると、両国橋を渡った。橋板も、欄干も白く雪をかぶっている。歌麿は橋の途中で一度滑ってころび、したたかに腰を打った。が、すぐに立ち上がって歩き続けた。

あそこへ行ってみよう、と歌麿は思っていた。あそこへ行けば、ひょっとしたらむかしの自分を少しは取り返せるかも知れない。それがだめだとしても、いまはそこしか、行く場所はないのだとも思った。

橋を渡って南に折れ、今度は竪川《たてかわ》に沿って真直ぐ東にすすみ、二ノ橋を渡ると、歌麿は常盤町に入って行った。弁慶橋の家を出てからここまで、途中橋の上で転んだだけで、歌麿は一度も立ち止まらなかった。

常盤町裏の、迷路のような小路に、歌麿は入り込んで行った。道がそこで塞がったかと思うと、身体を横にして漸く擦り抜けられるような隙間があり、そこを抜けると、その先に細い路地と、暗く低い軒が続いていた。

灯のともる一軒の傾いた軒先に立ったとき、歌麿は鷺《さぎ》のように頭から腰まで、雪にまみれていた。足袋は濡れて、足の指先は感覚を失っている。雪を払い落とすと、歌麿は戸を押して中に入った。

すぐに衣擦《きぬず》れの音と、異様に苦しげな人の息づかいが聞こえた。歌麿は上がり框《かまち》に立ててある破れ屏風を片よせると、溜息をついて畳に腰を落とした。手拭いで、もう一度丁寧に鬢《びん》のあたりを押しぬぐい、それが済むと、濡れた足袋を脱いで、赤くなっている足の指を揉んだ。

漸くその気配に気づいたらしく、それまで掻巻の下で激しく動いていた男が、首をねじむけて訝《いぶか》しそうに歌麿をみた。この寒さに額に汗が光っている。二十過ぎの若い男だった。男は歌麿を認めると、ぎょっとしたように眼を瞠ったが、歌麿が無表情に見返すと、あわてて身体をずらした。

「おい、ひとが入りこんでいるぜ」

「だれ?」

搔巻の下から、白い女の顔がのぞき、すぐに隠れた。

「何だい、あの男は」

「そのひとなら、構わないんだよ」

「だって、俺たちを見てるぜ」

「いいんだよ、ほっといても」

「よかないよ」

男は喚いた。

「帰しちまえよ。気色悪い奴だ」

「じゃ、あんたが帰んなよ」

不意に女は邪険な口調で言った。

「もう済んだんだろ」

男は不服そうに黙りこんだが、やがて身体を起こすと、身支度を調えた。いい身体をした若者だった。男が障子がはねかえるほど、荒あらしく戸を閉めて出て行くと、女も起き上がってきた。

「先生、ひさしぶりね」

女はもの憂げに歌麿に声をかけ、素足に下駄をひっかけると、自堕落に引きずる音を立ててながい障子を閉め直し、心張棒をかった。

女は畳に上がると、歌麿の後ろから肩にかぶさるように身体をくっつけた。

「雪降ってて、寒かったでしょ？」

「寒かった。みろ、足がこんなになった」

「すぐ、あっためてあげる」

女はやさしい声で言った。面長で、細い眼尻が少し上がっている、色白な女だった。歌麿が六年前の天明八年、艶本「歌まくら」を描いたとき、女はまだ十五の少女だった。歌麿の前に開いた身体は、蕾の青白さを残していたが、いまは果実のように稔っている。女の身体で、歌麿が知らない場所はない。どんな微細な陰も、手にとるように記憶に刻まれている。

「今夜、とめてくれるか」

「いいわよ。いつものように、あたしが上でしてあげようか」

「うむ。そうしてくれ」

女は歌麿の頸に、白い腕を巻いて、くつくつ笑った。それから後ろから覆いかぶさったまま、歌麿の頬に自分の頬をつけた。女の身体は果実の香がした。

「そのまえに、頼みがある」

「なあに？」

「見てもいいかね」

女は、またくつくつ笑った。それからゆっくり寝床に引き返すと、仰向けに寝て、袖で顔を覆った。行燈を引きよせて歌麿は片膝を折ると、女の足もとに蹲った。

「寒くはないか」

「だいじょうぶ。これでいいの？」

「膝を立てて」

歌麿は低く言った。女が両膝を立てると、着物の裾が膝からこぼれ落ちて、白い腿《もも》が露わになった。腿は絹のように光っている。

片手に行燈を摑みあげ、首をのばして、歌麿はその奥をのぞきこんだ。そのまま、幽鬼のように青光る、瞬かない眼になっていた。

あとがき

浮世絵師という存在に惹かれるのは、彼らの描き残した作品が、官製の匂いをもたず、自由に人間や風景を写していることのほかに、もうひとつ、彼らの素姓《すじよう》のあいまいさということがあるように思われる。わからないものほど、興味をひくものはない。

浮世絵師たちは、ごく身近な町の人びとをいきいきと描いたが、彼ら自身も多くは町の人間だった。しかつめらしく素姓を問われる種類の人間ではなかったわけである。なかには初代豊国とか、武家出の栄之、英泉、広重といった、比較的素姓が知れているひともいるが、歌麿も北斎も、春潮も素姓が明確でない組にはいる。ことに写楽はその最たるものだろう。

歌麿についても、わかっているのはおぼろな経歴と残された作品だけで、その経歴と絵をどう読むかは、読む人にまかされていると言っていいだろう。ここに集めた小説も、そういう意味で、歌麿の読み方のひとつといったものである。しかしこれが歌麿だと力んだりしたわけではない。

ただ、浮世絵師歌麿といえば、ただちに好色の絵師といった図式には賛成しかねる気分が、この小説の下地になっているかも知れない。歌麿は若いころはかなり遊んだ形跡があるが、おりよという妻を得てからは、なかなかの愛妻家でもあった。さきの図式も、ひとつの歌麿の読み方には違いないが、数ある浮世絵師の中で、歌麿ひとり好色漢の代名詞のように言われるのは、どんなものだろうか。

なるほど歌麿は、生涯美人絵を描き、また「歌まくら」、「ねがひの糸口」、「絵本小町引」といった枕絵《まくらえ》の名作を残している。だが美人絵の凄味ということなら英泉のような絵師もいるし、また枕絵は歌麿に限らず、当時の絵師がみんな描いたわけである。北斎の「浪千鳥」以下の秘画が、歌麿の作品に匹敵することはよく知られている。枕絵は、様式でなく生身の人間を描こうとした絵師たちにとって、必然の産物だったのであろう。

この小説は、そういうわけで歌麿に貼られているレッテルをはがしてみるという、やや天邪鬼《あまのじやく》な気分から生まれたものだが、おことわりしたように、これもひとつの歌麿の読み方ということである。

昭和五十二年五月

藤沢周平

解説

諸田玲子（作家）

藤沢周平さんが浮世絵師なら、どんな絵を描かれたか。

想像するのは愉《たの》しい。少なくとも、葛飾北斎の大達磨《だるま》や歌川広重の東海道五十三次、東洲斎写楽の役者絵ではないだろう。

藤沢さんは、老若男女の喜怒哀楽や人情の機微をていねいにすくいとって、奇をてらわず、きめ細かな筆致で極上の小説に昇華させた作家である。浮世絵にインスピレーションを得た掌編集『日暮れ竹河岸』の中でもとりあげられているが、ギヤマンを手にした莫連《ばくれん》娘や老婆に恋路の邪魔をされるお千代・半兵衛といったような、市井《しせい》の人々の日常の一瞬を切りとった絵をきっと描かれていたにちがいない。それはつまり、本書の主人公、喜多川歌麿の描くような絵、ということになる。

江戸時代も後半に入った安永から文化のころ、後世に名の知られた浮世絵の名手が次々と頭角をあらわした。時の老中・田沼意次の寛政の改革に抗《あらが》うがごとく錦絵も隆盛となり、町人文化が随所で花開いた。菱川師宣にはじまって鈴木春信、鳥居清長、渓斎英泉、歌川豊国に国貞などが描く美人画もそのひとつで、歌麿はその第一人者として、幕府のお咎《とが》めをうけて入牢したのち文化三年に死去するまで、ただの美人ではない生活感に根づいた女たちを描きつづけ、美人画全盛期の一翼を担った。

藤沢さんの浮世絵への造詣の深さはよく知られている。当時の絵師たちの苦悶や反骨に共感して、ご自身の生き方を重ね合わせていらしたようだ。

処女短編の「溟《くら》い海」もしかり。これは北斎の内奥《ないおう》を暴き出した小説で、若きライバル広重への嫉妬がつのってゆく様や救いようのない無情感に苛《さいな》まれる姿を容赦なく描くことで、風狂の絵師という以上の生身の北斎が紙面から立ち上がってくる。蛇足ながら、この短編が収められた『暗殺の年輪』は、私の座右の書である。手にとるたびに、緻密な文章や独創的な表現、人間を洞察する眼力の鋭さに頬を張られたような衝撃を覚え、拙《つたな》さを恥じて自分を鼓舞する一助としている。

ところで、絵師——にかぎらず戯作者でも能楽者でも俳諧師でも、剣豪でも何でもよいが——の小説を書くには、大まかにいって二通りのアプローチがあると思う。ひとつは、大半の小説がそうであるように、絵師の人生をなぞり、作品の解説をしながら、艱難辛苦《かんなんしんく》に耐えて名作を生み出すまでを描くという方法だ。俯瞰的に絵師を見る書き方である。

もうひとつは、作家が絵師に同化してしまう方法で、絵師の目を通して世の中や周囲の人々を観察する。作品の解説めいた記述はいっさい省かれ、創作に邁進《まいしん》する人間の心模様をていねいに追いかけながら、人間の愚かしさ愛しさを描く。究極をいえば特定の絵師でなくてもよいわけで、普遍的な人間を描くための方法ともいえる。

藤沢さんの小説が、歴史・時代小説の枠を超えて広く現代人の心をとらえ、万人の共感を呼ぶのは、後者に徹して、人間そのものを描くことに主眼をおいているからだろう。

本書の歌麿は、藤沢さんである。「溟い海」で北斎に憑依《ひょうい》したように、ここでは歌麿になりきって自分——物書き——の心の奥底へ分け入ろうとする。歌麿の「絵」、あるいは描こうとする「女」を、「小説」におきかえてみればよい。

本書の中で、歌麿は馬琴にこんなことをいっている。

「……丸顔でも瓜実顔でも、じつはかまいません。ただ透けて見えるような女は、描く気にならんのですよ」

またあるとき、歌麿はこう考える。

長い間女を描いてきて、それでいてというかそれだからというか、一方に一そう女のことがわからなくなったという気持がある。（中略）わかっていたと思うのは、単に十分に見えなかっただけに過ぎないと、いまでは思う。

あるいは、もっと直截《ちょくせつ》に「絵」と「小説」が重なり合う場面がある。「いい絵が、描けるか」「その力が、残っているか」と悩み自問する歌麿は、なりふりかまわず読本を書き上げようと奮闘する馬琴に一抹の羨望を感じてこう述懐する。

ああして本当に書きたいものを手さぐりして、頭を悩ませている頃が、一番生きるのに張り合いがある時期なのだ。

常に自信と焦りのあいだで行きつ戻りつする歌麿は、新進の絵師、謎めいた写楽の絵に驚嘆し、ここでも羨望めいた感情を抱く。

これが絵なら、いままでの絵が持っていた、きれいごと、あいまいさ、妥協、虚飾、そういった一切のものをはぎとって、本当のことだけを写そうとした、そしてその力もある恐ろしい絵なのだ。

絵を小説におきかえるといったが、これは創作にたずさわる人間ならだれでも例外なく抱くはずの心の葛藤である。

本書では、そんな繊細な心と審美眼をもつ歌麿と、彼の絵の対象となる女たちとの交流が描かれる。各章を彩る女たちの背後にある哀しみや苦しみ、孤独や諦観《ていかん》は、美人画の説明ではなく歌麿の目を通して語られる。女たちは、歌麿の前で一枚一枚衣を脱がされてゆくように、次々に意外な姿を見せる。悲惨な過去や宿命、女の業までがあらわになってゆく。

「さくら花散る」のよく笑うおこんは、手癖が悪いという裏の顔を持っていた。ところがおこんには亭主がいて……。裏の顔のそのまた後ろに、重篤の亭主を看病するけなげな女の顔が隠れている。歌麿＝藤沢さんの眼は、陽気な女から寂しげで臈《ろう》たけた女まで、一人の女の変化を見事にとらえている。

「梅雨《つゆ》ふる町で」では、男をとっかえひっかえしてきたおくらが一人の男にいじらしい素顔を見せるようになるまでの女心が描かれる。惚れた男が泥棒だったと知り茫然自失する「赤い鱗雲《うろこぐも》」のお品、武士と心中してしまう「霧にひとり」のおさと、やくざな亭主に刺される「蜩《ひぐらし》の朝《あした》」のお糸……。

女たちはときに愛らしく、ときにしたたかに、またあるときはひたすら従順に、歌麿の前に立ちあらわれては消えてゆく。そんな女たちに翻弄されながら、歌麿はなおも女の謎に迫ろうとする、なぜなら、それが歌麿にとっては「絵を描く」こと、藤沢さんにとっては「小説を書く」ことなのだから。

最終章「夜に凍《こご》えて」では、壮絶なラストが用意されている。女を知り尽くしているからこそ描けると信じてきた歌麿は、いちばん身近な女の心を理解できないまま、大切な人を失ってしまう。喪失感に苛まれながらも、その孤独と失望がさらなる絵師としての狂気じみた創作欲に昇華されてゆくところは、物静かな藤沢さんの胸の内に燃え盛る小説への情熱の炎を垣間見たようで息を呑む。

残念ながら、私は藤沢さんにお会いする機会を得られなかった。藤沢さんが逝去される前年の暮れに処女作を出版、本格的にデビューしたのは同年で、まさに入れ違いになってしまったからである。それなのに藤沢さんを恩師のように慕い、厚かましくも親しみさえ感じてしまうのは、藤沢さんの全小説を短期間で読み尽くしたことと、お嬢さまの展子《のぶこ》さんの知己を得たおかげだろう。

小説を書き始めて間もないころ、山田洋次監督に脚本執筆の手伝いをさせていただくことになり、藤沢さんのご著書を読破しておくようにといわれた。まだ「たそがれ清兵衛」が映画化される以前の話で、監督は大の藤沢作品ファン、なんとしても映画にしたいと熱を込めて話しておられた。このときは短編の三作を選ぶ予定で、真剣に読了した私もすっかり藤沢作品に魅了されてしまった。残念ながらこの企画はいったん立ち消えになり、私も小説で手いっぱいになってしまったので後年の映画にかかわることはできなかったが、貴重な勉強をさせてもらったと感謝している。

展子さんは、いつお目にかかっても思わず駆け寄りたくなるような愛らしい方だ。天性の温かさがあふれている。お父さまの小説への深い思いをうかがうたびに父娘の絆の強さを感じ、そんな娘に育てた父親としての藤沢さんにも敬意を新たにしている。

ふつうがいちばん——。

藤沢さんは生前、常々いっておられたそうだ。自意識過剰の作家が多い中、普通だからこそ市井の人間が描けると看破していた藤沢さんはさすがである。身近な人々に愛情をそそげない作家に、どうして人間が描けよう。奢らず偉ぶらず、こつこつと書きつづける……藤沢さんの重厚で辛辣な小説は、人間への愛と共感が裏表になってはじめて読者の胸に響くのだと、本書を読み直して、私は改めて感慨を覚えた。

一人でも多くの皆さんが、本書と出会えますように。

一九七七年　五　月　青樹社
一九八二年　七　月　文春文庫
一九九〇年十二月　青樹社（改訂新版）
二〇一二年　七　月　文春文庫（新装版）

|著者| 藤沢周平　1927年、山形県鶴岡市生まれ。山形師範学校卒。'73年『暗殺の年輪』で直木賞、'86年『白き瓶』で吉川英治文学賞、'90年『市塵』で芸術選奨文部大臣賞を受賞。'95年、紫綬褒章受章。'97年、69歳で死去。ほかに、『蝉しぐれ』『三屋清左衛門残日録』『一茶』『橋ものがたり』『漆の実のみのる国』「用心棒日月抄」「獄医立花登手控え」シリーズなど著書多数。

喜《き》多《た》川《がわ》歌麿《うたまろ》女《おんな》絵《え》草紙《ぞうし》

藤沢周平《ふじさわしゅうへい》

講談社文庫

定価はカバーに
表示してあります

2018年1月16日第1刷発行

発行者——鈴木　哲

発行所——株式会社　講談社

東京都文京区音羽2-12-21　〒112-8001

電話　出版（03）5395-3510
　　　販売（03）5395-5817
　　　業務（03）5395-3615

デザイン—菊地信義

本文データ制作—講談社デジタル製作

印刷———豊国印刷株式会社

製本———株式会社国宝社

Printed in Japan

ISBN978-4-06-293833-4

講談社文庫刊行の辞

二十一世紀の到来を目睫に望みながら、われわれはいま、人類史上かつて例を見ない巨大な転換期をむかえようとしている。

世界も、日本も、激動の予兆に対する期待とおののきを内に蔵して、未知の時代に歩み入ろうとしている。このときにあたり、創業の人野間清治の「ナショナル・エデュケイター」への志を現代に甦らせようと意図して、われわれはここに古今の文芸作品はいうまでもなく、ひろく人文・社会・自然の諸科学から東西の名著を網羅する、新しい綜合文庫の発刊を決意した。

激動の転換期はまた断絶の時代である。われわれは戦後二十五年間の出版文化のありかたへの深い反省をこめて、この断絶の時代にあえて人間的な持続を求めようとする。いたずらに浮薄な商業主義のあだ花を追い求めることなく、長期にわたって良書に生命をあたえようとつとめるところにしか、今後の出版文化の真の繁栄はあり得ないと信じるからである。

同時にわれわれはこの綜合文庫の刊行を通じて、人文・社会・自然の諸科学が、結局人間の学にほかならないことを立証しようと願っている。かつて知識とは、「汝自身を知る」ことにつきていた。現代社会の瑣末な情報の氾濫のなかから、力強い知識の源泉を掘り起し、技術文明のただなかに、生きた人間の姿を復活させること。それこそわれわれの切なる希求である。

われわれは権威に盲従せず、俗流に媚びることなく、渾然一体となって日本の「草の根」をかたちづくる若く新しい世代の人々に、心をこめてこの新しい綜合文庫をおくり届けたい。それは知識の泉であるとともに感受性のふるさとであり、もっとも有機的に組織され、社会に開かれた万人のための大学をめざしている。大方の支援と協力を衷心より切望してやまない。

一九七一年七月

野間省一

鶴岡市立 藤沢周平記念館 のご案内

藤沢周平のふるさと、鶴岡・庄内。
その豊かな自然と歴史ある文化にふれ、作品を深く味わう拠点です。
数多くの作品を執筆した自宅書斎の再現、愛用品や自筆原稿、
創作資料を展示し、藤沢周平の作品世界と生涯を紹介します。

利用案内

所在地	〒997-0035 山形県鶴岡市馬場町4番6号（鶴岡公園内）
TEL/FAX	0235-29-1880/0235-29-2997
入館時間	午前9時〜午後4時30分（受付終了時間）
休館日	水曜日（休日の場合は翌日以降の平日） 年末年始（12月29日から翌年の1月3日まで） ※平成25年4月より、休館日を月曜日から水曜日に変更しました。 ※臨時に休館する場合もあります。
入館料	大人320円［250円］ 高校生・大学生200円［160円］ ※中学生以下無料。［ ］内は20名以上の団体料金。 年間入館券1,000円（1年間有効、本人及び同伴者1名まで）

交通案内

・JR鶴岡駅からバス約10分、「市役所前」下車、徒歩3分

・庄内空港から車で約25分

・山形自動車道鶴岡I.C.から車で約10分

車でお越しの際は鶴岡公園周辺の公設駐車場をご利用ください。
（右図「P」無料）

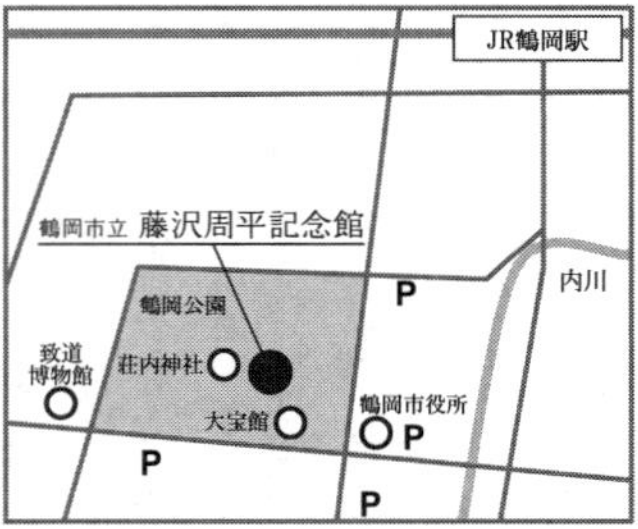

—— 皆様のご来館を心よりお待ちしております ——

鶴岡市立 藤沢周平記念館

http://www.city.tsuruoka.lg.jp/fujisawa_shuhei_memorial_museum/